Schwarz in Schwarz

Idee von Simon Fleck &
Philipp Schmidt

IMPRESSUM

TWENTYSIX – Der Self-Publishing-Verlag
Eine Kooperation zwischen der Verlagsgruppe Random House und
BoD – Books on Demand

© 2018 Schmidt, Philipp / Ferge Verlag

Herstellung und Verlag:
BoD – Books on Demand, Norderstedt.

ISBN: 978-3-74074-679-7

1. Auflage 2018
Schwarz in Schwarz von © Philipp Schmidt
Covergestaltung: Matin Kubowski, Matthias Kaiser
Fotografien und Bearbeitung: Matin Kubowski
Lektorat: Michael Raffel
Satz und Gestaltung: Matthias Kaiser

Schwarz in Schwarz
Ein Tübinger Regionalkrimi

von
Philipp Schmidt

I

Es war einer dieser Tage. Formal war an ihm nichts auszusetzen. Nach einem viel zu langen Winter schien die Sonne endlich wieder kraftvoll, es war warm, die Stadt voller Leben, Straßenmusiker spielten und die Tauben pickten zufrieden gurrend nach Gebäckkrümeln. Aber aus irgendeinem Grund kam Richard Wolf die Welt heute farblos vor. Dieser Eindruck verstärkte sich noch, als er mit einem Rest Kaffee in einem Pappbecher in sein Büro zurückkehrte. Der kleine Raum, welcher zuvor ein Liebhaber-Antiquariat beherbergt hatte, lag in einer spärlich frequentierten Gasse, aber zumindest in der Innenstadt. Den größeren, hinteren Raum benutzte Richard vorerst noch als Kartonlager. Dort lag auch eine Matratze, auf der er gegen das ausdrückliche Verbot der Vermieterin schlief, bis er genug Bares zusammenhatte, um sich eine Wohnung leisten zu können. Er setzte sich auf den Chefsessel, streifte die Schuhe ab und legte die Füße auf den Schreibtisch. Er bemerkte das Loch in seinem linken Socken, durch das der große Zeh herauslugte, seufzte, faltete die Hände auf dem Bauch und lehnte sich zurück. Hätte ihn jemand gefragt, was er gerade tue, hätte er geantwortet, er warte auf Klienten. Aber es fragte ihn niemand. Und so hing er wieder einmal dem Gedanken nach, ob es eine gute Idee gewesen war, in die Stadt seiner Kindheit zurückzukehren, um sich als Privatdetektiv selbstständig zu machen. Seine Augen wurden schwer, und er nickte ein. Auch seine Träume, die ihn nachdrücklich daran erinnerten, dass er mit seiner Miete im Rückstand war, spielten sich in schwarz-weiß ab.

Lautes Donnergrollen ließ Richard hochschrecken. Draußen war es bereits dunkel, und ein ausgewachsener Sturm tobte über der schwäbischen Universitätsstadt. Starke Windböen ließen Regen gegen das Schaufenster prasseln, Läden klapperten, und wann immer ein Blitz zuckte, war die Welt für einen Augenblick tatsächlich schwarz-weiß.

Richard betrachtete das Naturspektakel gleichmütig. Er hatte nichts gegen ein heftiges nächtliches Gewitter, auch wenn es bedeutete, dass ihn heute mit Sicherheit wieder einmal kein Klient um seine Dienste bitten würde. Aber darin täuschte er sich. Eben hatte er beschlossen, seinen leeren, knurrenden Magen mit einem tiefen Schluck aus der Rumflasche zum Schweigen zu bringen, als er auf einen Schemen draußen im Regen aufmerksam wurde. Er zog die Hand, die sich bereits selbstständig auf den Weg zur Flasche gemacht hatte, zurück. Tatsächlich, die in einen langen Mantel gehüllte Gestalt kam direkt auf die Bürotür zu. Trotz des üblen Wetters klopfte eine behandschuhte Hand formell an die Glasscheibe.

Richard nahm die Beine vom Tisch, räusperte sich und rief gegen Wind und klappernde Läden an: „Herein!"

Die Tür öffnete sich gerade weit genug, dass die Person rasch durch den Spalt schlüpfen konnte. Richard schaltete die Tischlampe ein – und schluckte.

„Richard Wolf, Privatdetektiv?", fragte die hochgewachsene, äußerst attraktive Frau zögerlich, während Tropfen von ihrem Pelz auf den Boden perlten.

II

„Der bin ich", antwortete Richard leicht verlegen. „Nehmen Sie doch bitte Platz."

Er wartete, bis sich die Frau auf den freien Stuhl ihm gegenüber niedergelassen hatte. Trotz des kostbaren Mantels, der ihren schlanken Körper einhüllte, bemerkte er, wie anmutig und fließend sie sich bewegte. Ihre Haltung und Körperspannung ließen die Vermutung zu, dass sie eine Tanz- oder Akrobatikausbildung genossen hatte. Aufgrund des Pelzes tippte Richard eher auf glattes Ballettparkett als auf eine Go-Go-Stange. Sie faltete die langgliedrigen Hände so, dass die Rechte den goldenen Ring am Ringfinger der Linken verdeckte, hob das Kinn und sah ihn aus ihren großen grünen Augen an. Stolz, Traurigkeit und Verletzlichkeit lag in diesem unverwandten Blick.

Richard beugte sich nach vorne, zupfte an seinem Kinnbart und fragte: „Sie sind klar im Vorteil. Sie wissen, wer ich bin, aber ich habe keinen Schimmer, wer Sie sind." Ein lahmer Auftakt. Die Frau verunsicherte ihn.

„Sie dürfen mich Sandra nennen", erwiderte die Frau knapp und ohne die geringste Regung. Sie blinzelte nicht einmal.

„Also, Sandra, wie kann ich Ihnen helfen?", fragte Richard ernst, in dem Versuch, seine Stimme professionell klingen zu lassen.

Es war ihm wohl einigermaßen gelungen, denn die Frau, die sich als Sandra vorgestellt hatte, nickte und sagte: „Es geht um meinen Mann, Viktor. Ich habe den Verdacht, dass er …"

Richard seufzte innerlich. Diese Art Fall also. „Sie glauben, er betrügt Sie", half er aus.

Sandra zuckte leicht zusammen. Ein erstes Bröckeln an der kühlen, selbstbeherrschten Fassade. „Ja", gestand sie leise. Ihre schmale Hand verschwand im Mantel, und als sie wieder hervorkam, hielt sie mit spitzen Fingern ein ausgedrucktes Foto. Sie legte es auf den Tisch und schob es zu ihm herüber.

Richard betrachtete das Gesicht auf der Portraitaufnahme. Ohne Zweifel handelte es sich um Viktor, Sandras Mann. Er war Richard auf Anhieb unsympathisch. Sein breites Lächeln hatte etwas Derbes, Grobschlächtiges, als amüsierte er sich gerade über einen selbstgemachten schlechten Scherz. Er hatte tiefliegende Schweinsäuglein, einen kantigen Schädel und eine hohe, leicht gewölbte Stirn. Alles in allem wollte er so gar nicht an die Seite der reizenden Schönheit passen, die Richard aufmerksam musterte. Richard erwiderte den wachen Blick und hielt ihm stand. Er war nicht bereit, ihr alles aus der Nase zu ziehen, sie musste schon selbst ein wenig aktiver werden.

Offenbar verstand Sandra die unausgesprochene Botschaft. Sie holte tief Luft, sodass ihre Brust anschwoll, und dann sagte sie: „Seit unsere Tochter ein Internat besucht, reden wir kaum noch miteinander. Zuerst dachte ich, er wäre in einer Art Midlife-Crisis, aber mittlerweile kommt er immer später nach Hause, manchmal sogar gar nicht. Wenn ich ihn frage, wo er war, weicht er mir aus; sagt, er hätte lange arbeiten müssen, oder im Büro geschlafen."

„Haben Sie eine Vermutung, mit wem er die Zeit tatsächlich verbringt?", hakte Richard nach.

„Mit seiner Sekretärin", antwortete Sandra wie aus der Pistole geschossen.

Richard verkniff sich ein Schmunzeln. Das Ganze war doch zu klischeehaft.

III

Richard fuhr in die Höhe. Er brauchte einen Moment, um sich zu orientieren. Er befand sich im Hinterzimmer seines Büros, die leere Flasche neben ihm erklärte den Schmerz hinter seinen Schläfen. Etwas musste ihn im Traum erschreckt haben. Langsam ließ er sich zurück auf die Matratze sinken. An den Alptraum, der ihn hatte aufwachen lassen, konnte er sich nicht erinnern, nur an ein Gewitter und eine sonderbare Frau, die ihn aufgesucht und ihm seinen ersten Auftrag erteilt hatte. – Aber halt, das war kein Traum gewesen. Eine schwache Note des betörenden Parfüms von Sandra hing noch immer in der Luft. Er sollte ihren Mann Viktor der Untreue überführen, Beweise liefern. Wahrscheinlich gab es einen Ehevertrag. Herrgott, er hätte nicht so viel trinken sollen. Über der zweiten Hälfte des Gesprächs mit seiner Klientin lag ein dichter Nebel, den er nicht zu durchdringen vermochte. Er rieb sich die Augen und massierte mit den Daumen die pochenden Schläfen. Es nutzte nichts, irgendwann musste er aufstehen, und heute lag immerhin ein guter Grund dafür vor.

Der Sturm war einem leichten Nieselregen gewichen. Die Tropfen rollten träge die Schaufensterscheibe herab, während Richard am Schreibtisch saß und seine Arbeit aufnahm. Es war reine Routine. Durch seine langjährige Erfahrung beim BKA in Berlin hatte er nach zwei Telefonaten und ein wenig Internetrecherche herausgefunden, dass seine Auftragsgeberin sich ihm mit ihrem Zweitnamen vorgestellt hatte, eigentlich hieß sie Aurelia. Aurelia Sandra Petrow. Wohl ein kleines Spiel, um seine Kompetenz zu testen. Mit gerade einmal 19 Jahren hatte sie Viktor Petrow geheiratet. Aus der Ehe war Martha, 16 Jahre alt, entstanden. Der Russlanddeutsche Viktor hatte sich früh einen Namen in der Immobilienbranche gemacht. Geldsorgen hatte die Familie offenkundig nicht, ganz im Gegensatz zu Richard. Trotz des Nebels, der noch immer über Teilen seines Gedächtnisses lag, erinnerte er sich an die Verhandlung über seine Bezahlung. Eine echte Verhandlung war es eigentlich nicht gewesen. Vielmehr hatte Aurelia Sandra eine Summe genannt, und er hatte sich Mühe gegeben, sich sein Erstaunen nicht anmerken zu lassen. Die Anzahlung, die sie ihm in einem Umschlag überreicht hatte, war schon mehr als großzügig, das Honorar im Erfolgsfall würde ihm locker die Miete für das nächste halbe Jahr sichern. Er klappte den Laptop zu, schlüpfte in seine an den Ärmeln abgewetzte Lederjacke und hängte das „Geschlossen"-Schild mit seiner Handynummer darauf von innen an die Klinke.

Mit hochgestelltem Kragen und den Händen in den Hosentaschen überquerte Richard den Holzmarkt, über dem die massive Stiftskirche aufragte. An warmen, sonnigen Tagen, erinnerte er sich, tummelten sich auf den Treppen Studenten. Heute war der kopfsteingepflasterte Platz menschenleer.

Während er sich ein üppiges Frühstück in einem Café in einer Seitenstraße gönnte, fasste er einen Plan. Ja, so würde er vorgehen, und mit etwas Glück würde er bereits morgen früh Aurelia Sandra die gewünschten Beweise vorlegen können.

IV

Da sich in Richards Büro kein Badezimmer mit Dusche befand, war er einmal mehr ins Hallenbad gegangen. Er war einige Bahnen geschwommen und hatte sich danach ausgiebig geduscht. Als er aus dem Schwimmbad herauskam, war der Himmel aufgeklart. In der Nachmittagssonne war er zu Fuß in die Weststadt gegangen, um bei einem Autoverleih einen Wagen zu mieten. Mit dem silbernen VW Golf 7 war er zu Viktor Petrows Arbeitsstelle gefahren. Ein gläsernes Immobilienbüro, im Stadtteil Derendingen. Ein karger und hässlicher Stadtteil, wie Richard befand.

Hier lag er tief in den Sitz eingesunken seit einer geschlagenen Stunde auf der Lauer. Das geliehene Auto quälte ihn mit dem sterilen Geruch eines Neuwagens. Er kurbelte das Fenster herunter und wünschte sich, er hätte das Rauchen nicht aufgegeben. Untätiges Warten war nicht seine Sache. Nicht weil er ein ungeduldiger Mensch gewesen wäre, es war nur so, dass die nüchterne Stille alte Dämonen anlockte. Mit der gesamten mentalen Kraft, die er aufbringen konnte, drängte er sie zurück.

Endlich öffnete sich die Glastür und ein Mann mit einem Smartphone am Ohr trat auf den Parkplatz. Richard verglich ihn mit dem Foto, das er gesehen hatte. Kein Zweifel, es war Viktor. Er stieg in einen in der Abendsonne glänzenden schwarzen Mercedes und parkte, immer noch telefonierend, rückwärts aus. Richard ließ ihm einen angemessenen Vorsprung und heftete sich an seine Fersen.

Bald hatten sie den lieblos angelegten Stadtteil hinter sich gelassen. Weite Felder säumten die Landstraße zu beiden

Seiten. Richard hielt einen unauffälligen Abstand ein, gerade nah genug, um zu erkennen, dass der schwarze Mercedes an einer Gabelung rechts abbog. Sie kamen an einem Einkaufszentrum vorbei, dann fuhr der ahnungslos Verfolgte an einer Ampel links ab. Wieder Felder und zur Rechten Wald, der sich an einen Berghang schmiegte. Unerwartet bremste der Mercedes scharf ab. Für einen Moment lang waren sie sich ganz nah. Sie befanden sich nun in einem dem Dorfkern vorgelagerten Industrieviertel von Hirschau, ein Stadtteil, den Richard lediglich dem Namen nach kannte. Ohne zu blinken bog der Mercedes linkerhand auf eine lange Straße ein. Richard fluchte stumm. Wo zur Hölle wollte Viktor hin? Hier gab es kaum Wohnhäuser. Eine Postfiliale, ein Steinmetz, dann Äcker auf beiden Seiten. Der Mercedes parkte auf einem Parkplatz vor einer Schranke. Richard lenkte seinen Golf in eine Hofeinfahrt und schaltete die Scheinwerfer aus. Er konnte nur hoffen, dass Viktor keinen Verdacht geschöpft hatte.

Richard beobachtete, wie Viktor ausstieg, die Tür schloss und in Richtung der Schranke ging. Nachdem die Dunkelheit ihn verschluckt hatte, wartete Richard noch einige Herzschläge, dann fuhr er ohne Licht aus der Hofeinfahrt und parkte am Gehweg. Er überprüfte sein Handy. Der Akku war noch zur Hälfte geladen. Das würde ausreichen, um ein paar schmutzige Bilder zu schießen. Die Blitzfunktion schaltete er vorsorglich aus, dann machte er sich auf den Weg und folgte der Zielperson in die mondbeschienene Natur. Die Kronen der Bäume, unter denen er hindurchschlich, formten ein Dach über ihm, und Richard überkam das Gefühl, das Tor in eine andere Welt zu durchschreiten.

V

Der Kies knirschte sanft unter Richards Sohlen, als er in gebückter Haltung durch die Nacht pirschte. Links von ihm floss ein kleiner Kanal, zu seiner Rechten erstreckte sich ein stiller See, auf dessen glatter Oberfläche sich im Mondlicht der Sternhimmel spiegelte. Richard verließ den Kiesweg, und das Knirschen wich einem leiseren Schmatzen. Der Boden war feucht und schlammig vom starken Regen der letzten Nacht. Richards Empfinden nach war es etwas kühl für ein Stelldichein unter freiem Himmel, aber Geschmäcker waren nun einmal verschieden.

Dass Viktor eine Geliebte hatte, daran zweifelte Richard nicht. Er war genau der Typ dafür. Welcher Mann eigentlich nicht?, fragte er sich, während er weiter den Baggersee umrundete. Endlich hörte er eine Stimme rechts von sich. So leise wie möglich folgte er einem von Büschen umwucherten Trampelpfad. Da waren sie! Zwei Gestalten auf einer von kurzem Gras bewachsenen, mondbeschienenen Bucht. Richard nahm sein Handy aus der Tasche und ließ sich vorsichtig in die Hocke nieder. Sein Herz schlug ihm bis zum Hals, aber sie hatten ihn nicht bemerkt.

Auf dem Gras lag ein großer Sack. Wahrscheinlich befand sich darin eine Decke. Richard beschloss abzuwarten, bis sie es sich gemütlich gemacht hatten, dann würde er sich noch etwas näher herantasten müssen, um ein gutes Foto schießen zu können. Plötzlich stiegen Zweifel in ihm auf. Es lag nicht daran, dass er sich wegen seiner Arbeit schlecht fühlte. Er tat es allein für das Geld, darin machte er sich nichts vor, trotzdem diente er einem guten Zweck. Er würde einen vermutlich notorischen Fremdgeher entlarven. Aber das war es nicht, was ihn beunruhigte.

Sein Zweifel gründete in etwas anderem. War Viktor schwul? Die zweite, etwas kleinere Gestalt war doch eindeutig nicht weiblich. Trotz des Mondscheins konnte er die Gesichter nicht erkennen, und ärgerlicherweise sprachen die beiden Männer zu leise miteinander, als dass er die Worte, die sie wechselten, hätte verstehen können. Völlig unerwartet zuckte ein kleiner blauer Blitz auf. Ein Elektroschocker! Noch einmal blitzte es, und Viktor sackte in sich zusammen. Der andere Mann ging zu dem Sack und entnahm ihm verschiedene Gegenstände.

Richard brach kalter Schweiß aus. Wie gelähmt beobachtete er den fremden Mann dabei, wie er, ein Lied pfeifend, Viktor in aller Seelenruhe entkleidete. Als der Wehrlose nackt war, wickelte sein Peiniger ein seltsam langes Tuch um ihn. Atemlos sah Richard dabei zu, wie der Fremde an dem liegenden Viktor herumzupfte. Jetzt machte er einige Schritte rückwärts und hob einen Gegenstand hoch. *Ein Fotoapparat!*, begriff Richard.

Wieder pfeifend legte der Mann den Fotoapparat beiseite und beförderte einen anderen Gegenstand aus dem Sack. Diesmal erkannte der vor Schreck erstarrte Richard gleich, was er in Händen hielt. Der Fremde trat seitlich über den am Boden Liegenden und holte weit aus. Das Mondlicht brachte die Schneide der Axt zum Glänzen.

VI

Richard kauerte erstarrt in den Büschen. Seine Beine waren eingeschlafen, aber er bemerkte es kaum. Was er eben hatte mitansehen müssen, war derart abscheulich gewesen, dass er sich zurück nach Berlin wünschte. Der Unbekannte hatte Viktor, den er doch nur beim Fremdgehen hatte ertappen wollen, den Kopf abgehackt. Bei jedem Hieb war Richard zusammengezuckt, und es waren etliche Hiebe gewesen. Wie lange diese Bestie von einem Mann bereits mit seiner grässlichen Beute fort war, vermochte er nicht zu sagen. Definitiv lange genug, er würde wohl kaum noch einmal zurückkommen. Richard klappte den Mund zu und erhob sich langsam. Schwankend stand er da, noch immer unfähig, den Blick vom Ort des Geschehens abzuwenden. Schließlich gelang es ihm. Ruckartig wandte er sich ab und stolperte in die Richtung, aus der er gekommen war. Seine tauben Beine trugen ihn erstaunlich gut, und bald rannte er. Sein Herz raste, aber nicht allein von der Bewegung. Wie von Sinnen riss er die Tür seines Leihwagens auf, stieg ein und fuhr los, als wäre der Teufel persönlich hinter ihm her.

Allmählich, nachdem er den Golf geparkt, den Schlüssel in einen dafür vorgesehen Briefkasten geworfen hatte und sich zu Fuß auf dem Rückweg zu seinem Büro befand, kam er wieder zur Besinnung. *Du hast schon Schlimmeres gesehen,* sagte er mit der Stimme der Vernunft zu sich selbst. *Ja,* meldete sich eine andere Stimme zu Wort, *aber nur bei der Arbeit, wenn ich darauf vorbereitet war.* Er war auch diese Nacht arbeiten gewesen, nur hatte er sich das Leben eines Privatschnüfflers ruhiger vorgestellt. Ausgerechnet bei

seinem ersten Auftrag musste sich sein Weg mit dem eines Mörders kreuzen! Was sollte er jetzt tun? Was sollte er Aurelia Sandra sagen? Plötzlich fuhr es ihm kalt über den Rücken. Er durfte ihr überhaupt nichts sagen, niemandem. Wie sah das Ganze denn aus, wenn man nicht wusste, dass er nur ein Beobachter gewesen war? Wäre er selbst noch immer ein Ermittler – er würde sich ganz oben auf die Verdächtigenliste setzen. Der Leihwagen ... Und wenn die Spurensicherung seine Schuhabdrücke am Tatort sicherstellte ... „Herrgott!", fluchte er leise. In was war er da nur hineingeraten?

Vor seinem Büro angekommen, schloss er mit zitternden Händen die Tür auf, warf die Jacke über die Stuhllehne und setzte sich. Er musste nachdenken. Akribisch ging er alles, was geschehen war, noch einmal im Detail durch. Irgendetwas stank gewaltig an der ganzen Sache. Tief aus seinem Unbewussten stieg der Verdacht auf, dass seine nächtliche Begegnung mit dem Killer kein Zufall gewesen war. So oder so, er hatte keine Wahl. Er musste den Mörder identifizieren, den Fall aufklären, damit er nicht am Ende selbst unschuldig im Knast landete. Was für eine verfluchte Nacht, dachte er, und bei allen Teufeln, er hatte nicht einmal mehr etwas zu trinken da.

VII

Der stämmige Dezernatsleiter erkannte Zehra Kuzu sofort. Mit kleinen, schnellen Schritten näherte sich die gedrungene, quirlige Deutsch-Türkin, die es erstaunlich weit gebracht hatte. Sie war jetzt Kriminaloberkommissarin und eine niemals locker lassende Nervensäge. Genau deshalb hatte er entschieden, ihr den Fall zu übertragen. Sie kam von der Böschung her. Eine lockige Haarsträhne verfing sich in einem tiefhängenden Ast. Sie kämpfte ein wenig, schnitt eine Grimasse und riss sich schließlich mit einem wütenden Schnauben los. Der Dezernatsleiter unterdrückte ein Schmunzeln und nahm einen Schluck seines schwarzen Kaffees, als sie Würde wahrend unter dem Absperrband hindurchging und neben ihn trat.

Zehra ließ ihren Blick über den Tatort wandern. Ein kleines Schild, auf dem eine 3 stand, markierte eine Stelle auf dem Boden, an der das Gras eingedrückt war. Offenbar hatte dort ein schwerer Gegenstand gelegen. Weitere Schilder wiesen auf Fußabdrücke hin. Die Leiche selbst war bis zur Brust mit einer Folie bedeckt.

„Die Gerichtsmedizin müsste gleich hier sein", brummte der Dezernatsleiter.

„Nun ja", meinte Zehra um einen lockeren Tonfall bemüht, „die Todesursache scheint nicht gerade Rätsel aufzugeben."

„Nein", stimmte der Dezernatsleiter zu.

Beide starrten sie auf die rote Lache, wo sich einmal der Kopf des Opfers befunden hatte.

„Sehr wahrscheinlich handelt es sich um Viktor Petrow. Dieser Name steht zumindest auf seinem Ausweis, den wir in seiner Brieftasche gefunden haben – übrigens mit insgesamt knapp siebenhundert Euro darin. Die S-Klasse auf dem Parkplatz ist ebenfalls auf ihn zugelassen."

„Also kein Raubmord", sprach Zehra das Offensichtliche aus. Sie legte den Zeigefinger auf die Lippen und drehte sich einmal um die eigene Achse.

„Der Typ bei den Kollegen von der Streife", kam der Dezernatsleiter Zehras Frage zuvor, „heißt Michael Schmidt. Er hat die Leiche gefunden. Behauptet, er joggt hier jeden Morgen."

Wieder starrten beide auf das Blut, das die Erde getränkt hatte. Die Haut am Hals des Opfers war kalkweiß und wirkte ledrig. Es war kein sauberer Schnitt. „Eine Säge ... oder eine Axt ...", sprach Zehra ihre Gedanken aus.

Der Dezernatsleiter brummte zustimmend.

„Denken Sie, was ich denke?", fragte Zehra nach kurzem Schweigen.

„Was denken Sie denn?"

„Janina Glock", sagte Zehra.

„Malen sie mal nicht den Teufel an die Wand", gab der Dezernatsleiter widerwillig zurück. „Janina Glock wurde zu Hause ermordet, und zwar am anderen Ende der Stadt."

„Ja", sagte Zehra bedächtig, „und der Mörder hat ihr beide Beine abgenommen."

Der Dezernatsleiter nahm einen weiteren Schluck seines lauwarmen Kaffees. „Ich werde veranlassen, dass Ihnen alle Unterlagen zu dem Fall zur Verfügung gestellt werden." In einer für ihn untypischen, impulsiven Geste schüttete er den Rest seines Kaffees auf den Boden.

„So ein Dreck", grollte er. Ein Serienmörder in Tübingen, das hatte ihm gerade noch gefehlt.

VIII

Richard öffnete die Augen und blinzelte. Es war bereits Vormittag, das helle Licht blendete ihn. Er musste beim Grübeln auf dem Stuhl eingeschlafen sein. Sein Rücken schmerzte. Er streckte sich, bis es knackte. Gähnend betrachtete er die Notizen, die er sich auf einem Blatt gemacht hatte. Es war nicht viel, aber immerhin ein Anfang. *Mehr Informationen*, stand mehrfach unterstrichen da, und: *Mit Aurelia Sandra sprechen!* Ja, er musste sie aufsuchen, auch wenn er keinen Schimmer hatte, wie er ihr erklären sollte, was vorgefallen war. Sein Blick fiel auf die schlammverkrusteten Schuhe, die er vergangene Nacht getragen hatte. Er stand auf, nahm die Schuhe und ging mit ihnen ins Hinterzimmer. Dort packte er sie in eine Plastiktüte und vergrub die Tüte tief in einem noch nicht ausgepackten Umzugskarton. Danach verließ er das Büro und machte sich auf den Weg zum Haus der Petrows, dessen Adresse er ermittelt hatte, als er noch geglaubt hatte, er würde einen Ehebrecher überführen. Verflucht, das war erst gestern gewesen, dachte er, während er aus dem Bus stieg. In so kurzer Zeit hatte sich die Welt auf den Kopf gestellt.

Es war ein stattliches Anwesen mit einem weitläufigen Grundstück. Die Hecke war akkurat geschnitten und die Fassade des Hauses so weiß, dass es wirkte, als wäre sie frisch gestrichen worden. Richard drückte mehrmals auf die Klingel, aber nichts rührte sich. Er dachte gerade darüber nach, über das gusseiserne Tor zu klettern, um in die Hofeinfahrt zu gelangen, da legte sich ihm von hinten eine Hand auf die Schulter. Er fuhr zusammen und drehte sich

um. Ein Mann, der ihn um gut einen Kopf überragte und einen Anzug und eine Sonnenbrille trug, sah ihn ernst an. „Kann ich Ihnen helfen?", fragte der Mann mit leichtem schwäbischen Akzent.

Richard fasste sich. „Ich möchte mit Sandra ... ähm, Aurelia Petrow sprechen."

„Sind Sie von der Polizei?", fragte der Mann, der in jeder Hinsicht dem Klischee eines Bodyguards entsprach.

„Nein", erwiderte Richard zögerlich.

Der Mann zog die Nase hoch und sah ihn von oben herab durch die dunklen Gläser seiner Sonnenbrille kritisch an. „Frau Petrow ist nicht hier."

Danke, du Idiot, dachte Richard, *das sehe ich selbst.* Anstatt seine Gedanken auszusprechen, fragte er: „Können Sie mir sagen, wo sie zu finden ist?"

„Nein", gab der Leibwächter knapp zurück und fügte hinzu: „Verschwinden Sie."

Richard seufzte und wandte sich ab. „Einen schönen Tag Ihnen noch", murmelte er über die Schulter. Im Gehen spürte er den bohrenden Blick des Mannes in seinem Rücken.

Auf dem Weg zurück zur Bushaltestelle befand sich eine Tankstelle. Kurz entschlossen trat Richard ein. Er kaufte sich einen Schokoriegel und eine Schachtel Zigaretten. Auf den Bus wartend, steckte er sich eine in den Mund, nur um festzustellen, dass er kein Feuerzeug besaß. Ein Student half ihm aus. Richard unterdrückte einen Hustenanfall. Er hatte schon seit Jahren mit dem Rauchen aufgehört. Beim dritten Zug schmeckte der Tabak fasst schon angenehm. Er entließ den Rauch aus seinen Lungen, und plötzlich kam ihm eine Idee.

IX

Das Haus der Petrows war stattlich gewesen, aber nichts im Vergleich zu dem geradezu fürstlichen Grundstück, vor dem Richard nun stand. Von hohen Bäumen umsäumt ragte eine mehrstöckige Villa in die Höhe. Sie besaß sogar einen runden Turm mit spitzem Dach, der sich an das Hauptgebäude schmiegte. Richard befand sich im teuersten Viertel der Stadt. Hier, das hatte er nach einer raschen, zielgerichteten Recherche herausgefunden, residierte ein Cousin von Aurelia Sandra. Ein überaus reicher und tatsächlich adeliger Cousin, und damit eine gute Zuflucht in heiklen Lebenslagen. Durch den Leibwächter vor dem Haus der Petrows war Richard klargeworden, dass sie bereits vom Ableben ihres der Untreue bezichtigten Mannes erfahren hatte, und seine Intuition hatte ihn hierher geführt.

Das von einem hohen Zaun eingegrenzte Anwesen lag auf einem Berg. Der Aufstieg war lang und beschwerlich gewesen, und es half nicht gerade, dass Richard seit Neuestem wieder rauchte. Er wartete, bis sich sein Atem beruhigt hatte, dann drückte er auf die von Efeu eingerahmte Klingel, über der in altdeutscher Schrift *Familie von Eichelberg* stand. Zunächst geschah nichts, aber Richard hatte das Gefühl, beobachtet zu werden. Er hob den Blick und ließ ihn von einem der zahlreichen Fenster zum nächsten wandern. Er klingelte noch einmal, und kurz darauf öffnete sich die von Schnitzereien verzierte Pforte. Richard beäugte aufmerksam den Mann, der heraustrat und in gemessenem Schritt auf ihn zukam. Es war eine durch und durch sonderbare Erscheinung. Der Mann trug einen bestickten

Morgenrock. Er hatte die Sechzig überschritten. Seine Schläfen waren aschgrau, aber seine grünen Augen waren hellwach. Einen Moment lang überkam Richard der Eindruck, dass ein Zeitreisender auf der anderen Seite des Gitters Position einnahm. Ein aristokratischer Gentleman, wie es sie seit hundert Jahren nicht mehr gab.

Der Mann stemmte die Fäuste in die Hüften und musterte Richard von oben bis unten. Er neigte den Kopf ein winziges Stück, räusperte sich affektiert und stellte sich in einem wohlklingenden Bariton vor: „Anselm von Eichelberg. Wie kann ich Ihnen helfen?"

„Richard Wolf", sagte Richard steif. „Ich würde gerne mit ihrer Cousine sprechen."

Ein leises, anerkennendes Lächeln huschte kurz über die glattrasierte Miene, ehe sie ernst wurde. „Ich muss um Verzeihung bitten, sie ist derzeit unpässlich."

„Ich weiß, was passiert ist", versuchte es Richard.

„Freilich tun Sie das", erwiderte der Aristokrat, dem es, anders als Richard, anscheinend nicht merkwürdig vorkam, durch ein Gitter zu sprechen.

Plötzlich, ganz unerwartet, geschah etwas, das Richard nicht begreifen konnte. Äußerlich hatte sich nichts verändert. Die Sonne schien matt durch die lichte Wolkendecke, ein Vogel zirpte. Die Veränderung fand in seinem Innersten statt. Als hätte der Mann auf der anderen Seite des Gitters allein durch seine Präsenz eine unbekannte Saite in ihm angeschlagen.

Anselm schien es auch zu spüren. Er sagte: „Seien Sie nicht enttäuscht. Wissen Sie was? Am kommenden Freitag findet die Vernissage eines befreundeten Künstlers statt. Meine Cousine wird mich begleiten. Ich setze Sie auf die Gästeliste." Damit ließ er Richard irritiert stehen und ging zurück zur offenstehenden Tür.

X

Richard stieg schnaufend die letzten Treppenstufen hinab. Kurzerhand beschloss er, in das Restaurant einzukehren, das auf einem Schild für ansprechende Speisen zu halbwegs erschwinglichen Preisen warb. Er war noch immer verstört von der eigenartigen Begegnung mit dem Cousin seiner Auftraggeberin, allerdings auf angenehme Weise verstört.

Rasch servierte der Kellner ihm, was er bestellt hatte, einen großen Teller Spätzle mit frischen Pilzen und dazu eine Halbe. Er war der einzige Gast in dem rustikal-gemütlichen Restaurant, niemand störte seine Gedanken. Was war eigentlich mit ihm los?, fragte er sich. Es fühlte sich noch immer an, als hätte er Schmetterlinge im Bauch, den er mit Spätzle, Bier und Pilzen füllte. Und er brachte das Bild des sonderbaren Aristokraten im Morgenrock nicht mehr aus seinem Kopf. Ja, er fühlte sich wie verliebt. Er war doch nicht einfach so, mir nichts dir nichts schwul geworden? Das gab es doch nicht. Schwul … das war es! Wieso war er nicht früher darauf gekommen? Viktor Petrow hatte an dem See keine Frau erwartet. Das erklärte auch, weshalb er nicht gleich wieder auf dem Absatz kehrt gemacht hatte, als er bemerkte, dass nicht etwa die Sekretärin, die seine Frau verdächtigt hatte, oder sonst eine Frau ihn erwartete. Es hätte sich natürlich um ein anonymes Sexdate handeln können, wahrscheinlicher war jedoch, dass Viktor seinen Mörder gekannt hatte.

Das war eine heiße Spur. Zum ersten Mal seit seiner Suspendierung ärgerte sich Richard darüber, kein Beamter mehr zu sein. Er hätte zu gerne Einblick in das Handyprotokoll des Opfers und in dessen Emailaccount gehabt.

Zusätzlich zu seinem Mangel an Informationen musste er bei Befragungen unauffällig vorgehen, damit sich die Schlinge um seinen eigenen Hals nicht fester zuzog.

Er bezahlte, gab ein großzügiges Trinkgeld und nahm sich beim Rausgehen ein Päckchen Streichhölzer vom Tresen. Vor der Tür steckte er sich eine Zigarette an und machte sich auf den Rückweg zu seinem Büro. Während er durch die Altstadt schlenderte, erstellte er ein vorläufiges Täterprofil: Männlicher Rechtshänder, mittelgroß, hohes, vermutlich verkapptes Aggressionspotenzial, homosexuell. Er musste herausfinden, wo sich Schwule in der Gegend trafen. Das war definitiv seine heißeste Spur, und womöglich hatte er darin sogar einen Vorsprung vor der Polizei.

In Gedanken versunken hatte er sein Büro erreicht. *Idiot!*, schalt er sich selbst. Offenbar hatte er vergessen abzuschließen. Jemand saß auf dem Klientenstuhl vor seinem Schreibtisch. Die Körperhaltung der Frau ließ keinen Zweifel zu. Sie war von der Kriminalpolizei. Richard widerstand dem Impuls, auf der Stelle kehrtzumachen. Er riss sich zusammen und öffnete die Tür.

XI

Die Frau auf dem Stuhl wandte sich ihm zu und hob den Kopf. Sie holte schon Luft, um ihn anzusprechen, da zeichnete sich plötzlich Unglauben auf ihrer Miene ab. Richard brauchte einen Augenblick länger, dann wurde auch ihm klar, dass sie sich kannten.

„Richi", sagte Zehra erstaunt und stand nun doch auf. Einen Moment lang schien sie zu überlegen, was die angemessene Begrüßung wäre. Sie entschied sich gegen eine Umarmung und streckte ihm eine kleine, schwielige Hand entgegen.

Richard nahm sie und drückte sie. „Zehra Kuzu. Das ist ja eine Überraschung."

„Mensch, wie lange haben wir uns nicht gesehen?", fragte Zehra mit einem ehrlichen Lächeln.

„Nicht mehr seit dem Abi", meinte Richard. „Ähm", fügte er verlegen hinzu, „leider kann ich dir nichts zu trinken anbieten."

„Das macht nichts", erwiderte Zehra feixend. „Ich habe mich hier ja auch unangemeldet reingeschlichen." Sie zögerte kurz und schüttelte den Kopf. „Ich schätze, du hast geheiratet und den Nachnamen deiner Frau angenommen."

„Ja", bestätigte Richard knapp. Seinem Schwiegervater war es wichtig gewesen, dass seine Enkel den Nachnamen Wolf weiterführten, und Richard hatte nicht an seinem gehangen. Jedenfalls nicht so sehr, dass er Isabelle den Gefallen nicht gern getan hätte.

Zehra bemerkte wohl den Schmerz in seinen Augen und wechselte das Thema: „Du hast dich ganz schön verändert, mein Lieber."

„Du dagegen kaum", parierte Richard charmant. Allerdings fragte er sich, gleich nachdem er es ausgesprochen hatte, ob es als Kompliment ankam. Zehra hatte keine schöne Schulzeit gehabt. Sie war nie besonders hübsch gewesen. Ihr Migrationshintergrund und ihr Kopftuch hatten das Übrige beigetragen. Sie war gemobbt worden, bis Richard sie unter seinen Schutz gestellt hatte. Dem frechsten Mobber hatte er in der großen Pause eins auf die Nase verpasst, und danach hatte man Zehra in Ruhe gelassen. Von Richard und einer weiteren Deutsch-Türkin abgesehen, war sie für die anderen seither zu Luft geworden, aber immerhin hatte sich keiner mehr getraut, sie zu hänseln. Ihrem Blick nach zu urteilen, erinnerte sie sich auch gerade an diese Zeit zurück. Richard setzte sich, und Zehra schüttelte erneut den Kopf, wie um die alten Gespenster zu vertreiben.

„Du bist also in Tübingen geblieben", stellte er fest.

„Ich bin Kommissarin ... und nicht privat hier", schlug Zehra die Brücke zu dem Grund ihres Besuchs.

„Kommissarin", lobte Richard mit einem falschen Grinsen, „Glückwunsch." Er beugte sich leicht nach vorne. „Schuldig", raunte er ironisch, „ich schlafe im Hinterzimmer, obwohl es sich um Ladenfläche handelt. Ich hoffe, du sperrst mich dafür nicht ein."

Zehra lächelte aus reiner Freundlichkeit über seinen schlechten Scherz. Ihr Blick wanderte kurz zum Hinterzimmer, ehe sie ihn fixierte. „Ich ermittle in einem Mordfall, Richi", sagte sie dienstmäßig ernst. „Kennst du eine Aurelia Petrow?"

Verflucht!, schoss es Richard durch den Kopf. Sie wusste natürlich schon, dass er Aurelia Sandra kannte. Diese Art Frage stellte man nur, wenn man herausfinden wollte, ob das Gegenüber log. Was sollte er sagen?

XII

„Aurelia Petrow …", wiederholte Richard. Sein Hirn ratterte. Eine Lüge würde ihm nur den Argwohn der alten Bekannten einbringen. „Ja, ich kenne sie. Aber sie ist eine Klientin, ich darf also nichts sagen. Du kennst das ja."

Kriminaloberkommissarin Zehra Kuzu legte den Kopf leicht schief. „Ich ermittle in einem Mordfall", erinnerte sie ihn geduldig. „Der Klientenschutz ist dadurch aufgehoben."

Richard fuhr sich durch die strähnigen Haare. Er sollte mal wieder duschen, ging es ihm durch den Kopf. „Was willst du wissen?", fragte er resigniert.

Es folgte ein Verhör. Der freundliche Tonfall, mit dem Zehra es führte, änderte nichts daran, dass es ein professionelles Verhör war. Anfangs musste Richard seine Nervosität überspielen, im weiteren Verlauf fiel es ihm jedoch immer leichter, Zehra ganz nüchtern mit Lügen und Halbwahrheiten abzuspeisen. Und am Ende war er sich ziemlich sicher, dass sie ihm seine Version der Geschichte abkaufte. Das beruhigte ihn. Es wäre nicht gut, wenn sie ihn genauer unter die Lupe nähme und beispielsweise von dem Mietwagen erführe. Ihm kam zugute, dass sie ihm trotz ihrer Pflichtschuldigkeit glauben wollte. Er hatte mehr als nur einen kleinen Stein bei ihr im Brett, und Richard war schon immer Anhänger des Prinzips *Eine Hand wäscht die andere* gewesen.

Tatsächlich fühlte er sich so sicher zu sagen: „Wenn du Hilfe brauchst … Ich meine, ich habe schließlich einige Jahre Erfahrung in dem Bereich auf dem Buckel. Scheu dich nicht, mich anzurufen. Ich würde gerne mal wieder auf die Jagd gehen. Als Externer sozusagen. Wir beide, wie in alten Zeiten, was?"

Kurz befürchtete er, dass er es mit dem letzten Satz zu weit getrieben haben könnte, aber Zehra nickte. Auf einmal wirkte sie müde. „Ich komme vielleicht wirklich auf dich zurück", sagte sie leise und fügte hinzu: „Um ganz offen zu sein, ich habe die Befürchtung, dass es sich um einen Serientäter handeln könnte, und damit haben wir hier keine Erfahrung."

„Ich habe einmal einen geschnappt", sagte Richard, und es entsprach sogar der Wahrheit, auch wenn es damals eine Kollegin gewesen war, welcher der entscheidende Hinweis für die schlussendlich erfolgreiche Hausdurchsuchung aufgefallen war. Richard atmete innerlich erleichtert auf. Ein Serienmörder war eine schlimme Sache, aber immerhin würden weitere Opfer ihn entlasten. „Wann hat die erste Tat stattgefunden?", fragte er.

Zehra zögerte einen Moment, dann zuckte sie die Achseln. „Vor einem Monat. Eine Frau wurde zu Hause überfallen und ziemlich schlimm zugerichtet."

Eine Frau, überlegte Richard, widersprach das seiner bisherigen Theorie? Vor einem Monat war er gerade in der Stadt angekommen, dachte er weiter.

„Aber Richi", meinte Zehra, wobei sie sich mit dem Zeigefinger über die Unterlippe strich, „diese Seriensache ist bisher reine Spekulation."

Ihre Blicke trafen sich und Richard erkannte, dass Zehra, trotz ihrer Worte, davon überzeugt war, dass ein Serienmörder die Stadt unsicher machte.

XIII

Richard hatte sich schick gemacht für diesen Abend. Er hatte im Schwimmbad geduscht, sich rasiert und seinen Leger-schick-Aufzug aus einem der Kartons gekramt. Eigentlich hatte er geglaubt, mit dem Zug nach Stuttgart oder zumindest Reutlingen fahren zu müssen, aber er hatte in Erfahrung gebracht, dass es auch in Tübingen einen regelmäßigen Schwulentreff gab. Es war nicht weit von seinem Büro und ein warmer Abend, und so verzichtete darauf, eine Jacke über das braune Cord-Sakko zu ziehen.

Bereits als er in die Straße einbog, hörte er laute Musik aus dem Gebäude schallen, das einen kleinen Kinosaal und eine Kneipe unter seinem Dach versammelte. Richard stieg die wenigen Stufen hoch und zog die Glastür auf. Der Barraum war gut besucht. Zwischen den Wänden, die von Filmplakaten gespickt waren, tummelten sich ausnahmslos Männer an den kleinen, runden Tischen. Einige standen auch in Trauben beisammen. Richard steuerte einen freien Platz am Tresen an, der die Stirnseite des Raumes einnahm, und setzte sich auf den hohen Barhocker. Er bestellte bei einem jungen Barmann, der ein Netz-T-Shirt trug, ein Glas Wein und schaute sich genauer um.

Er musste seine erste Einschätzung korrigieren, es waren nicht nur Männer anwesend, sondern auch sogenannte Queers. Das Thema des heutigen Abends war eindeutig Maskulinität, deshalb hatte er die Transgender und Intersexuellen nicht gleich richtig eingeordnet. Was wohl auch Sinn der Sache war. Richard nahm durchaus wahr, dass eine prickelnde Erotik in der Luft lag, nur tangierte sie ihn nicht im geringsten.

Dadurch verflogen seine Zweifel, die eigene sexuelle Ausrichtung betreffend, vollends. Er war nicht plötzlich schwul oder bi geworden. Die Verbindung, die sich zwischen Anselm und ihm ergeben hatte, war anderer Natur.

Er hatte zu Gin Tonic gewechselt und bereits den zweiten intus, als ein sonnenstudiogebräunter Mann etwa in seinem Alter sich neben ihn an den Tresen drängte. Es war Richard sofort klar, dass er nicht nur etwas bestellen wollte.

„Hey, hab dein hübsches Gesicht hier noch nie gesehen. Ich bin Frank."

„Freut mich", erwiderte Richard und stellte sich ebenfalls vor.

Nach einem kurzen Small Talk erkundigte sich Richard, ob sein Gesprächspartner einen gewissen Viktor Petrow kenne. Er beschrieb ihn und gab an, dass sie früher einmal ein Paar gewesen seien und er gehofft habe, ihn heute hier anzutreffen. Frank konnte weder mit dem Namen noch der Beschreibung etwas anfangen, und Richard wollte sich gerade elegant aus der Affäre ziehen, als die Tür aufflog und eine Horde Jugendlicher die Bar betrat. Die Musik war mittlerweile leiser geworden, und die aggressiven Worte der Halbstarken waren deutlich im ganzen Raum zu vernehmen. Einer machte einen fiesen Schwulenwitz, und es fielen Worte wie „Tuntenklopfen" und „dreckige Schwuchteln". Eindeutig war das halbe Dutzend hergekommen, um Streit zu suchen. Richard drehte sich auf dem Barhocker zu ihnen um und steckte sich eine Zigarette in den Mund. Frank beeilte sich, ihm Feuer zu geben.

XIV

Es war eine seltsame Szene, eine, die Richards Blut in Wallung brachte. Obwohl die sechs Jugendlichen eindeutig in der Unterzahl waren, ließen die übrigen Barbesucher zu, dass sie auf widerlichste Weise angepöbelt wurden. Das stärkte das Selbstvertrauen der *Schwulenhasser aus Reutlingen*, wie Frank Richard zugeflüstert hatte. Bald kam es zu Handgreiflichkeiten. Der offensichtliche Rudelführer riss einem älteren Mann den Hut vom Kopf, und als dieser protestierend aufstand, wurde er barsch auf seinen Stuhl zurückgeschubst.

Nun fasste sich endlich einer der Barmänner ein Herz, der mit dem Netzhemd. Er stellte die Musik aus und kam auf die Halbstarken zu. „Jetzt reicht es, ihr seid hier nicht will..." Die Faust des Rudelführers schnitt ihm das Wort ab. Hart ging der Barmann zu Boden. Richard bemerkte, wie Handys gezückt wurden. Es würde sicher mindestens fünf Minuten dauern, bis die Polizei eintraf. Und Richard sah die Angst in den Gesichtern der Gäste, die nur hergekommen waren, um gemeinsam zu feiern, und in der Hoffnung, vielleicht jemanden kennenzulernen, um sich gegenseitig die Einsamkeit zu nehmen. Sicher waren die meisten Pazifisten und gelähmt, weil Gewalt nicht zu ihrem Kommunikationsrepertoire zählte. Frank neben ihm bibberte am ganzen Leib, als die Halbstarken sich der Bar näherten.

Richard drückte seine Zigarette im Aschenbecher aus und ließ sich vom Hocker gleiten. Er war kein Pazifist, und er spürte, wie ihn eine heiße Woge der Wut überkam. Er stellte sich dem Anführer der Bande direkt in den Weg. Sein linkes Augenlid zuckte, so wie immer vor einer physischen Auseinandersetzung.

„Willst 'n paar auf die Fresse, Alter?", zischte der Rädelsführer, der noch immer den gestohlenen Hut trug. Auch mit Hut war er einen halben Kopf kleiner als Richard, hatte aber breite Schultern.

„Versuch's doch, du Maulheld", gab Richard kühl zurück.

Der Junge fackelte nicht lange. Er holte zu weit aus. Richard nutzte die Gelegenheit und rammte ihm die Stirn auf die Nase. Ein knackendes Geräusch – und der Bursche taumelte nach hinten. Sofort griffen zwei seiner Kameraden an. Richard wich einem Schlag aus, parierte einen anderen und konterte mit einem Ellbogenhieb. Sein Selbsterhaltungstrieb, geschult durch die Nahkampfausbildung und all die Fortbildungen, die er während seiner Dienstjahre beim BKA besucht hatte, übernahm die Kontrolle. Er geriet in Blutrausch. Schlug und trat um sich, aber es waren zu viele. Zu spät nahm er eine schnelle Bewegung in seinem peripheren Blickfeld wahr. Etwas Hartes traf ihn seitlich gegen die Schläfe, und Sterne explodierten vor seinen Augen. Er hörte noch eine autoritäre Stimme „Sofort auseinander!" rufen, dann ließ er los und sank in eine tiefe, bodenlose Schwärze.

Er erwachte auf einer weichen Matratze. Hinter seiner Stirn tobte ein hämmernder Schmerz. Er betastete sein Gesicht. Die Nase war geschwollen, und jemand hatte seinen Kopf verbunden. Sein Blick klarte sich allmählich auf, und er begriff, dass er sich in einem Krankenzimmer befand. Auf dem Nachttisch neben ihm lag ein Hut. Richard verstand, und trotz der Schmerzen lächelte er.

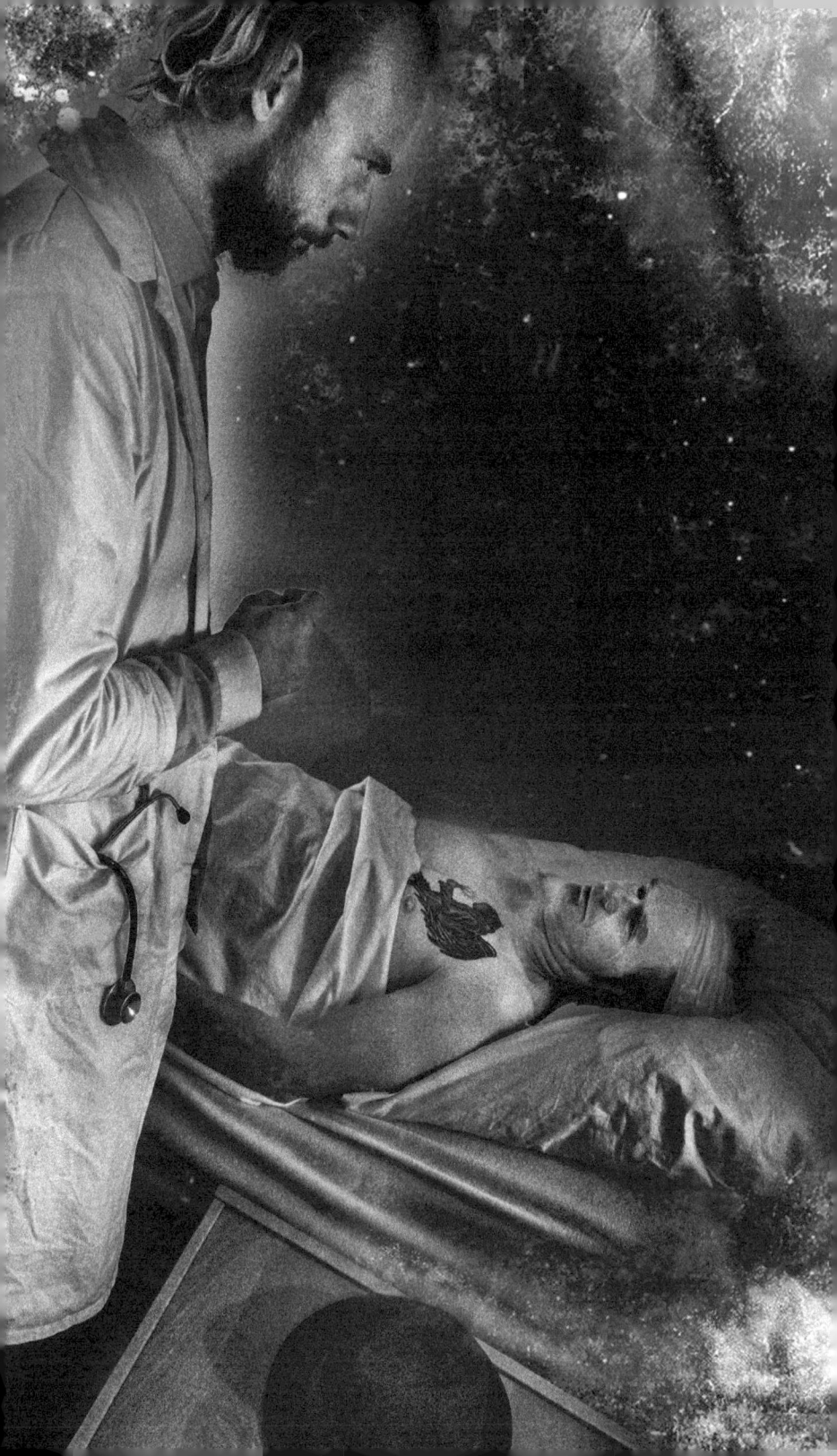

XV

Ein schlaksiger Mann in weißem Kittel, mit einem Klemmbrett unter dem Arm und einem Stethoskop um den Hals, trat ans Bett. Richard war noch einmal weggetreten, jetzt war er wach. Er fühlte sich schon viel besser. Das Dröhnen im Kopf hatte nachgelassen, und das Stechen in der Brust war ebenfalls abgeflacht.

„Da sind Sie ja in ganz schön was hineingeraten", sagte der Arzt von oben herab, den Blick auf das Klemmbrett geheftet.

„Das können Sie laut sagen", murmelte Richard. Seine Recherche war ein einziges Debakel gewesen. „Fehlt mir etwas Ernsteres?", fragte er.

„Eine angebrochene Rippe, eine leichte Gehirnerschütterung, wie es bisher aussieht, und ein Haufen blauer Flecke", meinte der Arzt mit einer achselzuckenden Lockerheit, die ihm schlecht stand. „Allerdings warten wir noch auf die Ergebnisse des CT."

Richard hatte überhaupt nicht mitbekommen, dass sie ihn in eine Röhre gesteckt hatten. „Moment", sagte er, „welchen Tag haben wir?"

„Freitag, den ..."

„Verdammt", unterbrach ihn Richard. Heute fand die Vernissage statt, zu der ihn Anselm eingeladen hatte. Er richtete sich auf und wartete, bis der Schwindel abklang. „Ich checke aus. Danke für alles und so."

„So geht das nicht", entrüstete sich der Arzt.

„Auf jeden Fall geht das", knurrte Richard halsstarrig. „Sie können mich ja schlecht gegen meinen Willen festhalten. Was ist jetzt?", fragte er und deutete mit dem Kinn auf die

Infusionsnadel in seinem Unterarm. „Nehmen Sie mir die ab, oder muss ich es selbst tun?"

Unter stillem Protest und mit einer Miene, die zum Ausdruck brachte: *Sie werden schon sehen, was sie davon haben*, tat der Arzt, worum er gebeten worden war. Daraufhin ging er zur Tür und sagte über die Schulter: „Ich sehe Sie unten an der Rezeption. Ohne eine Unterschrift lasse ich Sie sicher nicht raus."

In einem Schrank fand Richard seine Klamotten. Er tauschte sie gegen das lächerliche Nachthemd, knöpfte das Sakko über dem blutverschmierten Hemd zu und setzte zuletzt den geschenkten Hut auf.

Ts, ts, ts, Sie werden schon sehen … stand auf der Miene des Arztes geschrieben, während Richard das Formular für die Entlassung auf eigene Verantwortung mehrfach unterschrieb. Die Ergebnisse würden ihm zugeschickt werden. Richard nickte. An einem Kaffeeautomaten ließ er sich einen doppelten Espresso raus. Mit dem Becher in der Hand verließ er das Krankenhaus. Im Gehen spürte er das Stechen in seiner Brust wieder stärker, aber er biss die Zähne zusammen. Er wollte unbedingt zu dieser Vernissage.

Endlich an einer Bushaltestelle angekommen, wurde ihm klar, dass er gar nicht wusste, wo sie stattfand. Zu seinem Glück fand er im Bus eine achtlos liegengelassenen Ausgabe des *Schwäbischen Tagblatts* auf einem freien Platz. Er schlug die Anzeigenseite auf und stellte fest, dass heute nur eine einzige Vernissage eingetragen war. *Gustav Clemens entführt in die Gefilde vergänglicher Schönheit …* Richard vermochte nicht zu sagen, warum, aber er hatte das übermächtige Gefühl, unbedingt dort erscheinen zu müssen – dass die Fäden auf dieser Kunstveranstaltung zusammenliefen.

XVI

Richard hetzte durch die Altstadt, über der rot und schwer die Abenddämmerung hing. Kalter Schweiß rann seinen Rücken hinab, seine angebrochene Rippe schmerzte höllisch, aber schließlich erreichte er die richtige Gasse, wenn auch mit leichter Verspätung. Die Stehtische vor dem Schaufenster waren leer, alles drängte sich im Inneren zusammen. Richard öffnete die Tür. Ein breitschultriger Mann stand ihm im Weg. „Nur für geladene Gäste", raunte dieser ihm zu.

„Richard Wolf", sagte Richard.

Der Mann schaute auf eine Liste, musterte Richard skeptisch und sah erneut nach. Schließlich nickte er und machte einen Schritt zur Seite.

Richard fand einen Platz, wo er sich gegen eine Säule lehnen konnte. Er verschnaufte und lauschte mit halbem Ohr der Eröffnungsrede, die von einer älteren, korpulenten Dame mit einem grünen Häkelschal um den Hals gehalten wurde. Sie erzählte irgendetwas von *Kunstsinn* und *sinnlicher Kunst*. Richard unterdrückte ein Gähnen, ließ seinen Blick über die Bilder an den Wänden wandern, hauptsächlich jedoch betrachtete er die Gäste, die in einem Halbkreis der Rede lauschten. Eindeutig hatte sich hier die Tübinger Oberschicht, plus eine Handvoll privilegierter Studenten, versammelt. Die Kleider der Frauen und die Anzüge der Herren waren schick, aber bestimmt nicht die teuersten Stücke, die sie im Schrank hatten. Offenbar hatte man sich auf ein gewisses Understatement geeinigt, das die Angehörigkeit zur Elite allerdings nur um so mehr unterstrich. Einige

der Männer trugen Schärpen an den Sakkos. Richard mutmaßte, dass diese farbigen Bändel etwas mit den, vorsichtig ausgedrückt, *traditionsbewussten* Burschenschaften, die in Tübingen alteingesessen waren, zu tun hatten.

Richards erste Eindrücke bestätigten sich, als die Rednerin endete, Häppchen und Sekt serviert und unterbrochene Gespräche wieder aufgenommen wurden. Aus den Sätzen, die er aufschnappte, wurde deutlich, dass sich hier Ärzte, Juristen, Professoren und natürlich erfolgreiche Künstler eingefunden hatten. Sphärische Live-Musik setzte ein. Rasch fand Richard die Quelle, ein junger Mann drehte an den Reglern seines Mischpultes. Nachdem einige der Gäste an die frische Luft gegangen waren, wurde es in den drei ineinander übergehenden Innenräumen etwas lichter, und Richard entdeckte Anselm. Aurelia Sandra war ebenfalls da. Sie stand, ganz in schwarze Seide gekleidet, einige Schritte von Anselm entfernt vor einem Bild.

Ein junger, blasser Mann, ein androgyner Typ, zischte Anselm etwas zu, woraufhin dieser beschwichtigend die Hand hob. Wer war dieser junge Mann? Es war offensichtlich, dass er sich mit Anselm stritt. Richard näherte sich. Er wollte zu gern wissen, worüber die beiden sich uneins waren. Aber ehe er etwas durch die Musik und die anderen Stimmen hindurch hören konnte, bemerkte Anselm ihn. Die Verärgerung wich schlagartig aus seiner Miene und machte erst Höflichkeit, dann echter Freude Platz.

Da war sie wieder, diese merkwürdige Verbindung zwischen ihnen.

XVII

„Freut mich, dass Sie es einrichten konnten", sagte Anselm in seinem angenehmen Bariton und reichte Richard die Hand. Die Hand des Adligen war warm und trocken, der Druck, den sie auf Richards ausübte, wohl bemessen, nicht zu hart, nicht zu weich.

Richard räusperte sich verlegen, während Anselm ihn einer kurzen, aber eingehenden Musterung unterzog.

„Haben Sie sich geprügelt?", wunderte sich Anselm.

„Ließ sich nicht vermeiden", tat Richard ab. „Hübsche Bilder", fügte er nach einer kleinen Pause hinzu.

„Manche davon sind nicht völlig wertlos", erwiderte Anselm amüsiert. „Oh", meinte er mit einem Blick auf den jungen Mann an seiner Seite, „August Weber, er ist ebenfalls Künstler." Er wandte sich dem jungen Mann zu. „August, das ist Richard Wolf. Ich habe ihn eingeladen."

August rümpfte die Nase. Es war offensichtlich, dass er sich gerne weiter unter vier Augen mit Anselm unterhalten hätte und Richard als Störfaktor betrachtete. „Freut mich", brachte er zwischen zusammengepressten Zähnen hervor.

„Ganz meinerseits", konterte Richard kühl.

Ein Paar betrat den Raum, vor einem Großformat blieb es stehen. Der Mann legte in Denkerpose seinen Zeigefinger auf die Lippen. Die Frau sagte kennerisch: „Schau hier! Das ist bemerkenswert. Diese unkonventionelle Linienführung, und da dieser farbliche Bruch …"

„Pff", stieß August mit unverhohlener Verachtung aus. Richard war der junge, androgyne Mann auf Anhieb unsympathisch gewesen, aber er musste ihm widerwillig zustimmen.

Dieses blenderische Kunstgeplapper ging ihm auch gegen den Strich.

Anselm lächelte und beugte sich leicht nach vorne. „Das ist der falsche Ort für ein vernünftiges Gespräch. Dennoch freut es mich, dass Sie gekommen sind. Besuchen Sie mich doch einmal in meiner bescheidenen Behausung, dann können wir uns in Ruhe unterhalten."

Die Einladung schien August wütend zu machen. Er schnitt eine Grimasse, und Richard sagte laut zu Anselm: „Vielen Dank. Ich komme sehr gerne. Ich weiß ja, wo Sie wohnen."

Anselm nickte und machte zwei ausladende Schritte auf eine Sammlung kleinerer Zeichnungen zu. Ein Mann trat zu ihm und legte ihm einen haarigen Arm um die Schulter. Es musste sich um den Künstler handeln, aus dessen Feder die Zeichnungen stammten. Niemand sonst hier hätte es sich erlaubt, in Jeans und gestricktem Pullover zu erscheinen. Richard wandte sich ab und stellte sich neben Aurelia Sandra. Ihr Blick war starr auf ein Gemälde gerichtet, das eine verdorrte Blume auf unruhigem dunkelgrünen Hintergrund zeigte.

„Mein Beileid", sagte Richard steif.

Aurelia Sandra zuckte leicht zusammen. „Sie sollten diese Stadt verlassen", flüsterte sie, ohne Richard anzusehen. „Sie wissen nicht, in was sie hineingeraten sind."

„Wollen Sie denn nicht, dass der Mord an Ihrem Mann aufgeklärt wird?", fragte Richard irritiert.

Ihre Lippen verzogen sich zu einem traurigen Lächeln. „Fasziniert Sie der Tod?"

Richard dachte kurz nach und holte Luft, um etwas zu erwidern, doch die Frau in Schwarz an seiner Seite kam ihm zuvor: „Sie sind ein Narr, Richard Wolf."

Damit straffte sie sich und ließ ihn verwirrt stehen.

XVIII

Sein Kopf fühlte sich an, als würde er jeden Moment explodieren. Nachdem Anselm und Aurelia die Vernissage früh verlassen hatten, hatte er begonnen, sich mit Sekt zu betrinken. Später war er sogar noch auf einen Absacker in eine Kneipe gegangen. Eine Gehirnerschütterung plus Alkohol war offenbar keine gute Mischung. Richard setzte sich auf, und ein stechender Schmerz fuhr ihm in die Brust und zwang ihn dazu, die nächsten Bewegungen ganz behutsam und langsam auszuführen. Es gelang ihm, sich an den Schreibtisch zu schleppen. Vorsichtig und ächzend ließ er sich auf dem Chefsessel nieder.

„Herrgott", fluchte er und steckte sich eine Zigarette in den Mund. Traumfetzen kamen ihm in den Sinn. Er hatte Schwierigkeiten, sie sauber von den realen Erlebnissen der letzten Nacht zu trennen. Ganz sicher hatte er sich noch mit dem androgynen Schützling von Anselm unterhalten, obwohl sie sich auf den ersten Blick nicht hatten leiden können. Wie war sein Name? – August, richtig. Sie hatten sich unter vorgehaltener Hand über ein Bild lustig gemacht, und August hatte ihm erzählt, dass Anselm eine Art Mäzen für ihn sei. Am Ende hatte er Richard eine Visitenkarte in die Hand gedrückt. Die Pinguine, die ihn im Kreis umstanden und ausgelacht hatten, waren definitiv ein Traum gewesen.

Er wickelte sich den Verband vom Kopf und betastete die pochende Beule, die sich am Haaransatz gebildet hatte. Das kurze Gespräch mit Aurelia Sandra kam ihm in den Sinn. Er glaubte nicht, dass er es nur geträumt hatte, dennoch war es sonderbar gewesen. Sie hatte ihn gewarnt und geraten,

er solle die Stadt verlassen. *Fasziniert Sie der Tod?*, hallte es in seiner Erinnerung nach. Ihn schwindelte. Er ahnte, dass sich etwas um ihn herum abspielte, das er nicht begriff. Die Vernissage hatte keine Antworten geliefert, sondern nur noch mehr Fragen aufgeworfen. Seufzend entschied er, seine Probleme auf den nächsten Tag zu verschieben. Er brauchte Ruhe und Erholung. Die Anzahlung, die ihm Aurelia Sandra gegeben hatte, gestattete es ihm, eine Pizza und eine Flasche Cola zu bestellen.

Er verbrachte den Rest des Tages im Bett, genauer gesagt auf seiner Matratze im Hinterzimmer. Nachmittags klingelte das Telefon. Es war der Arzt aus dem Krankenhaus, der ihm die Untersuchungsergebnisse mitteilte. „Auch sonst keinerlei Auffälligkeiten", sagte die Stimme am anderen Ende der Leitung. Richard hatte den Eindruck, dass der Arzt enttäuscht war, ihm gute Nachrichten überbringen zu müssen. „Schonen Sie sich und halten Sie sich von Prügeleien fern."

Richard schnaubte und legte auf.

Abends fühlte er sich fiebrig, und im Halbschlaf formten sich seine Erinnerungen an die letzten Tage zu bizarren Szenen. Aurelia Sandra verwandelte sich in ein Chamäleon, das seine Farbe dem jeweiligen Hintergrund anpasste. Wieder und wieder durchlebte er die schaurige Nacht am See. Der Mörder bemerkte ihn, mal lächelte er ihm verschwörerisch zu, mal schleuderte er seine Axt in Richards Richtung.

Das Klingeln seines Handys weckte ihn. Zwielicht schien durch die Fenster. Es war Zehra. „Wenn du noch immer Interesse an dem Fall hast, komm sofort in die Ammergasse. Es hat einen weiteren Mord gegeben."

XIX

Es war ein erbärmliches Bild, das Richard den ohnehin schon flauen Magen umdrehte. Ein nackter, verstümmelter Frauenkörper lag, halb von einer schmalen Brücke verdeckt, in verdrehter Haltung im kleinen Bach. Mitten in der Innenstadt. Der Mörder wurde leichtsinnig oder größenwahnsinnig oder …

„Vielleicht *will* er gefasst werden", führte Zehra Richards Gedankengang fort.

Sie standen nebeneinander, während einer von der Spurensicherung Fotos von der Leiche schoss. Die Sonne versteckte sich noch hinter den Häusern. Es war kühl und die Luft feucht von Frühnebel. Richard schlang die Arme um die Brust und betrachtete den leblosen Frauenkörper, dem beide Hände amputiert worden waren.

„Wieso tut er das?", dachte er laut nach.

„Souvenirs?", schlug Zehra vor.

Plötzlich kam Richard ein Gedanke, der ihn erschauern ließ. Kluge Raster, Erfahrung und Kalkül waren nützliche Dinge, am Ende jedoch kam es immer auf Intuition an. „An deiner Stelle würde ich die Liste der Vermisstenfälle durchgehen. Achte auf Profilüberschneidungen."

Zehra sah ihn scharf an. „Du glaubst, es könnte noch mehr Opfer geben, von denen wir nichts wissen?"

Richard nickte.

„Auf welche Merkmale soll ich denn deiner Meinung nach achten?", fragte Zehra. In ihrer Stimme schwang Frustration und Ärger mit. „Die drei bisherigen Opfer könnten unterschiedlicher nicht sein. Ein Mann, zwei Frauen, ganz unterschiedliche Typen."

„Es muss eine Verbindung geben", sagte Richard fest, „und einen Grund, weshalb der Mörder ihnen unterschiedliche

Körperteile abnimmt." Nach kurzem Nachdenken holte er Luft, um etwas hinzuzufügen, als eine helle Stimme ihn von hinten ansprach: „Schicker Hut, steht Ihnen."

Richard und Zehra drehten sich gleichzeitig um. Eine junge Frau in einem Parka, die roten Haare zu einem strengen Pferdeschwanz gebunden, stand lächelnd vor ihnen. „Sie ermitteln also in diesem Fall", stellte sie fest, um ohne Pause fortzufahren: „Dürfte ich Ihre Namen erfahren?"

„Nein!", grätschte Zehra dazwischen. „Keine Presseauskunft."

„Nur eine einzige Fra...", versuchte es die junge Frau.

„Ich sagte nein", fauchte Zehra wütend, „verschwinden Sie!" Sie winkte einem uniformierten Beamten, der sofort schaltete und auf die Reporterin zukam. Ehe er sie erreichte, trollte sie sich. Richard folgte ihr mit dem Blick. Sie zog sich bis zur anderen Straßenseite zurück und machte sich im Stehen Notizen.

Verzögert wandte sich nun auch Richard wieder der Leiche zu. Er wählte seine nächsten Worte mit Bedacht: „Ihr habt doch sicher die Handyverbindungen der ersten beiden Opfer gecheckt. Ergeben sich daraus keine brauchbaren Hinweise?"

Auch Zehra war auf der Hut. Sie spannte sich leicht an, dann ließ sie jedoch die Schultern sinken und meinte: „Dein Viktor Petrow war schwul. Aber das wusstest du sicher schon."

„Ein Liebhaber?", fragte Richard und bemühte sich, seinen Ton beiläufig klingen zu lassen.

Zehra sah ihn aus leicht zusammengekniffenen Augen an. Zweifellos fragte sie sich, wie weit sie ihn einweihen sollte. Offensichtlich kam sie zu dem Schluss, dass es nichts schaden konnte, ihm zu vertrauen.

„Jan Kirschner", sagte sie langsam, „aber es gibt keine Verbindung zu dem ersten Opfer."

Richard unterdrückte ein triumphierendes Grinsen. Jetzt hatte er einen Namen.

XX

Es war ein Leichtes herauszufinden, dass Jan Kirschner der Besitzer eines Saunaclubs in Stuttgart war. 42 Jahre alt, ledig, keine Kinder. Vor dem Saunaclub hatte er ein Restaurant betrieben, das pleite gegangen war. Auf dem Weg in die Landeshauptstadt las Richard in einer Zeitung, die er sich am Bahnhofskiosk gekauft hatte. Die liebe Presse. Kein Wunder, dass Zehra am Fundort der letzten Leiche so allergisch reagiert hatte. *Tübingen hält den Atem an!*, lautete die Überschrift. Der Untertitel war noch reißerischer: *Bestialischer Killer schlägt zum dritten Mal zu.* Der Artikel war nicht schlecht geschrieben, aber abgesehen von Panikmache besaß er praktisch keinen Inhalt, von den Eckdaten der Morde einmal abgesehen. Darunter stand das Kürzel *Mifa*. Vermutlich eine Zusammensetzung des Vor- und Nachnamens des Reporters, oder der Reporterin. Richard fragte sich, ob es sich wohl um die junge Frau handelte, die Zehra verscheucht hatte. Wahrscheinlich. Eine hartnäckige und gutaussehende junge Frau …

Die S-Bahn brachte ihn beinahe direkt vor den Saunaclub. Im Eingangsbereich nahm ihn ein muskulöser Schönling in weißem T-Shirt in Empfang. Zuvor hatte Richard sich telefonisch als Bewerber ausgegeben. Der Saunaclub suchte per Inserat eine Tresenkraft, eine perfekte Vorlage. Er folgte dem großgewachsenen Schönling eine Treppe hinauf und dann links in einen Gang hinein. „Viel Glück", wünschte der Mann und öffnete eine Tür.

„Danke", sagte Richard und trat ein. Er erkannte Jan Kirschner auf den ersten Blick. Er trug sogar dasselbe fliederfarbene

Regionales

Tübingen hält den Atem an
Bestialischer Killer schlägt zum dritten Mal zu

Erneut kam es zu einem grausamen Verbrechen. Die Leiche von Frau M. wurde vergangenen Morgen in der Ammer gefunden. Die Polizei ermittelt. Kriminaloberkommissar Schäfer verspricht eine schnellstmögliche Aufklärung, Grund zur Panik bestünde seiner Aussage nach nicht.

Tatort Ammergasse   Bild: Mita

Tübinger OB gibt zu, sich im Ton vergriffen zu haben

Hemd wie auf dem Foto der Homepage. Er stand auf, reichte Richard über den schmalen Schreibtisch die Hand und setzte sich wieder. Die dritte Person im Raum – eine drahtige Frau mit blond gefärbten Locken, offensichtlich die Sekretärin des Geschäftsführers – blieb vor ihrem aufgeklappten Laptop sitzen, begrüßte den vermeintlichen Bewerber aber mit einem freundlichen „Hallo".

„Nehmen Sie Platz", forderte Kirschner Richard auf und wies dabei auf eine modern geformte Sitzgelegenheit. „Was ist mit Ihrem Gesicht passiert?"

Richard setzte sich. „Bin im Dampfbad ausgerutscht."

„Sie sind also ein Witzbold", sagte Herr Kirschner. „Humor ist immer gut." Seine Stirn legte sich affektiert in Falten. „Das hat sich ja nun alles sehr spontan ergeben. Wollen Sie uns ein wenig über ihren Werdegang erzählen? Und was würden Sie sagen, weshalb sind Sie für die Stelle geeignet?"

Richard nahm den Hut vom Kopf und fuhr die Krempe mit dem Finger nach. „Ich bin für den Job denkbar ungeeignet. Deshalb bin ich auch nicht hier."

Richard blickte auf und sah den verdutzten Geschäftsführer unverwandt an. Waren diese braunen Augen mit dem gelblichen Rand, in die er schaute, die Augen eines Serienmörders?

XXI

Richard wandte sich an die Frau ihm gegenüber. „Wären Sie so freundlich, uns allein zu lassen." Er betonte es nicht als Frage.

Jan Kirschner holte Luft, um zu protestieren, entschied sich jedoch im letzten Moment dagegen. Vielleicht, weil er neugierig war. Definitiv zeigte sich Argwohn auf seinem gebräunten Gesicht. Natürlich hatte die Polizei ihm bereits auf den Zahn gefühlt, und allmählich musste ihm klar sein, weshalb Richard ihn aufgesucht hatte.

Die Sekretärin erhob sich und verharrte kurz. Sie wartete mit einem hilfesuchenden Blick darauf, dass ihr Chef sie aufforderte zu bleiben. Aber als dieser nichts sagte, schnaubte sie und verließ den Raum.

Die Tür fiel laut zu. Richard wartete einige Atemzüge, ehe er sich räusperte und fragte: „Wo waren Sie in der Nacht zum …"

„Das hat mich Ihre Kollegin schon gefragt", fiel Jan Kirschner ihm ins Wort.

Es war gut, dass er ihn für einen Beamten hielt, dachte Richard. Er durfte ihm keine Gelegenheit bieten, logisch an die Sache heranzugehen. Wahrscheinlich glaubte er, die Behörde wolle kein weiteres Aufsehen erregen und er sei deshalb unter Vorspiegelung falscher Tatsachen erschienen. „Sie und Viktor Petrow waren ein Liebespaar", legte Richard rasch nach.

„Auch das habe ich Ihrer Kollegin …", schnappte Kirschner, aber diesmal war es Richard, der ihm über den Mund fuhr: „Sch-Sch, bleiben sie cool. Dieses Beleidigtspielen macht verdächtig." Richard zwinkerte seinem Gegenüber zu, um mit ernster Stimme fortzufahren: „Wir gehen das jetzt noch einmal alles von Anfang an durch. Sie unterbrechen mich nicht mehr, Sie spielen keine Spielchen mehr mit mir. Haben wir uns verstanden?"

Herr Kirschner nickte, überrumpelt von dem plötzlichen Stimmungswechsel, dann schluckte er schwer und begann in allen Einzelheiten zu erzählen.

Auf der Rückfahrt mit der Bahn war Richards Laune im tiefsten Keller angelangt. Hätte seine Brust nicht immer noch von der angebrochenen Rippe geschmerzt, er hätte ernsthaft in Erwägung gezogen, Streit mit den Fußballfans anzufangen, die mit ihrem lauten Gegröle auch den anderen Fahrgästen im Abteil auf die Nerven gingen. Nichts von dem, was Jan Kirschner gesagt hatte, war von Bedeutung für den Fall. Er hatte eine Liaison mit Viktor gehabt, aber Viktor hatte vor Monaten mit ihm Schluss gemacht. Was noch schlimmer war, der Saunabetreiber hatte ausgesagt, Viktor sei ein unverbesserlicher Playboy gewesen. Schon während ihrer Beziehung habe er sich durch fremde Betten gebumst. Danach sei er bestimmt überhaupt nicht mehr zu halten gewesen. Das machte die Verdächtigenliste so lang, dass diese Spur verwischte und zur sprichwörtlichen Suche nach der Nadel im Heuhaufen wurde. Eine einzige Bemerkung hatte Richard aufhorchen lassen. „Ein Wunder, dass seine Frau da solange mitgespielt hat." Wenn Aurelia Sandra von den Eskapaden ihres Mannes gewusst hatte, wieso hatte sie ihn dann beauftragt, ihm nachzustellen?

Müde und ausgebrannt erreichte Richard sein Büro. Er hatte kaum noch Kraft, sich darüber zu wundern, dass schon wieder jemand im Licht der Schreibtischlampe auf seinem Stuhl saß. Herrgott, er musste sich angewöhnen abzuschließen.

Andererseits würde es diesmal vielleicht ein angenehmer Überraschungsbesuch werden. Die Person, die ihn erwartete, war die junge, adrette Journalistin.

XXII

Richard wollte eben die letzten Schritte zu seinem Büro tun, da vibrierte sein Handy in der Hosentasche. Es war Zehra. Er hielt inne, machte kehrt und lehnte sich an die Fassade eines Hauses gegenüber seines Büros. Von hier aus konnte er die schemenhafte Frau auf seinem Stuhl im Auge behalten und gleichzeitig ungestört mit Zehra sprechen.

Direkt nachdem er auf Annehmen gedrückt hatte, legte diese auch schon aufgeregt los: „Richi, ich befürchte, du könntest recht haben! Es gibt einen deutlichen Anstieg der Vermisstenfälle Ende letzten, Anfang diesen Jahres. Darunter fünf Studentinnen. Ich habe sie gecheckt. Sie haben kein Auslandssemester gemacht oder so, sie sind einfach spurlos verschwunden."

Richards Nackenhaare stellten sich auf. Er beobachtete, wie die Reporterin in seinem Büro die Haltung änderte. Sie beugte sich nach vorne und stützte ihren Kopf auf den Handballen ab. Nun war ihr Gesicht deutlich zu erkennen, vor allem eine markante Stupsnase.

„Richard, bis du noch dran?"

„Ja, klar", murmelte Richard in das Handy, „hab nachgedacht."

„Und?", drängte Zehra.

Richard seufzte. „Keine Ahnung. Seit ihr denn bisher auf keine einzige heiße Spur gestoßen?"

Eine kurze Pause.

„Wir haben einen Scheiß", sagte Zehra verdrießlich. „Ein Serienmörder treibt in meiner Stadt sein Unwesen, und ich tappe völlig im Dunkeln." Sie stöhnte. „Ich hatte gehofft, du hast vielleicht eine Idee, irgendetwas."

„Ich bleibe dran", versprach Richard, „sobald mir etwas einfällt, melde ich mich."

„Okay, danke."

Die Leitung war tot. Richard steckte das Handy ein und rieb sich die Augen. Er atmete tief durch und ging auf das Büro zu.

Die Frau fuhr erschrocken zusammen, als er schwungvoll die Tür aufriss. Das hatte sie verdient, dachte er in stiller Befriedigung. „Das ist Hausfriedensbruch", sagte er kühl.

Offensichtlich hatte die junge Frau sich seine Ankunft anders vorgestellt. „Die Tür war nicht abgeschlossen", verteidigte sie sich leicht eingeschüchtert.

„Trotzdem", beharrte Richard. Er ließ sich auf dem Besucherstuhl nieder und zündete sich eine Zigarette an. Den Rauch ausatmend sagte er: „Ich nehme an, Sie sind *Mifa*."

Die Frau nickte eifrig. „Ich heiße Michaela Falk. – Sie haben meinen letzten Artikel gelesen?", schob sie fragend nach.

„Mh-hm", machte Richard. „Ganz schöner Müll."

„Genau deswegen bin ich hier", erwiderte Michaela rasch. „geben Sie mir etwas, damit ich einen besseren schreiben kann."

Richard lächelte müde. „Und was hätte ich davon?"

Zum ersten Mal bei dieser Begegnung war das Überraschungsmoment auf der Seite der Reporterin. Wie auf ein geheimes Stichwort stand sie auf, umrundete den Tisch und trat von hinten an Richard heran. Eine Hand legte sich sanft auf seine verspannte rechte Schulter. Sie beugte sich hinab, bis ihr Mund ganz nah an seinem Ohr war.

„Das können Sie sich doch denken", säuselte Michaela Falk.

XXIII

Richard sah Michaela aus halb geöffneten Augen dabei zu, wie sie ihre Kleider einsammelte und sich anzog. Sein erster Eindruck von ihr hatte sich bestätigt. Sie war keine elegante Schönheit wie Aurelia Sandra, dafür eine echte Granate im Bett. Es kam einem Wunder gleich, dass er in seiner Verfassung ihren Explosionen der vergangenen Nacht bis zum Morgengrauen standgehalten hatte. Ihre schamlose Experimentierfreudigkeit würde seine Fantasie noch lange in einsamen Stunden beflügeln. Im Gegenzug hatte er ihr nicht viel gegeben, zumindest nicht von dem, was sie eigentlich von ihm gewollt hatte. Nur den Vornamen des Saunabetreibers und eine knappe Beschreibung von Viktors Privatleben. Dazu Vermutungen und vage Andeutungen.

Trotzdem schien Michaela zufrieden. In den kurzen Ruhephasen hatte sie auch ein wenig über sich erzählt. Sie hatte erst im letzten Semester ein Germanistikstudium abgeschlossen und absolvierte nun ein Volontariat bei der Zeitung. Aus dieser Sache wollte sie ihre erste große Story machen. Wie alle jungen Leute glaubte sie, sofort damit berühmt zu werden und damit den, wie sie es genannt hatte, *deutschen Pulizerpreis* zu gewinnen. *Die Jugend ...*, dachte Richard und fühlte sich mit einem mal sehr alt. Vielleicht, tröstete er sich, war es auch gar nicht das Alter, und er brauchte einfach nur mehr Schlaf.

„Wir hören voneinander", sagte Michaela mit einem kecken Lächeln.

Richard sah ihren strammen Beinen unter der Strumpfhose nach, bis sie die Vordertür erreichten und aus seinem Blickfeld verschwanden. Der Schlaf legte sich wie eine warme

Decke über ihn. Kurz kam ihm noch in den Sinn, dass er die Tür abschließen sollte. Aber das Gefühl der Entspannung war zu angenehm. Traumbilder stellten sich ein, sein Bewusstsein verabschiedete sich. Er ließ es geschehen.

Als Richard wieder aufwachte, war es schon später Nachmittag. Sein Handy zeigte drei verpasste Anrufe und eine Kurznachricht an. Wie die Anrufe stammte auch die Nachricht von Zehra. Sie lud ihn zum Abendessen ein. Richard antwortete, dass er gerne kommen würde. Es war eine Lüge. Der Schlaf hatte die Müdigkeit, nicht aber die tiefe Erschöpfung vertrieben. Was ging ihn diese ganze Sache überhaupt an? Er war nach Tübingen zurückgekehrt, um sich eine neue Existenz aufzubauen und um die bösen Geister der Vergangenheit hinter sich zu lassen. Und was tat er nun? Er jagte einem Serienmörder nach. Wäre da nicht diese Ahnung in ihm gewesen, dass das Gespräch mit Zehra möglicherweise eine Antwort auf die Frage lieferte, weshalb Aurelia Sandra ausgerechnet ihn engagiert hatte, und hätte sein leerer Magen nicht so gebrummt, er hätte sie versetzt.

Seufzend zog er sich an, zuletzt setzte er sich den Hut auf. Das Restaurant, das Zehra als Treffpunkt ausgewählt hatte, kannte er noch von früher. Es war nicht weit. Diesmal schloss er die Bürotür doppelt ab.

XXIV

Richard schüttelte innerlich den Kopf, während Zehra ihre Bestellung machte. Wieso lud sie ihn in ein Schnitzelrestaurant ein, wenn sie vegetarisch essen wollte? Ihm war eher nach einem Frühstück, aber in einem Schnitzelrestaurant bestellte man Schnitzel. Sie saßen sich an einem Ecktisch gegenüber. Die an sie angrenzenden Tische waren frei, aus einem Spielzimmer drang Kindergeschrei. Sie konnten sich unterhalten, ohne die Stimmen zu senken.

„Was hast du herausgefunden?", fragte Richard ohne Umschweife.

Zehra antwortete ebenso direkt: „Alles deutet darauf hin, dass unser Unbekannter für seine Kommunikation Wegwerfhandys mit Einweg-Simkarten benutzt. Die IT-Abteilung wertet gerade Videos von Überwachungskameras aller Geschäfte in der Region aus."

„Eine gute Idee", lobte Richard.

„Reine Routine", entgegnete Zehra zerknirscht. „Ich glaube nicht, dass wir damit Erfolg haben werden. Ohne ein genaueres Profil ist die Fülle des Materials zu groß. Er müsste schon ziemlich bescheuert vorgegangen sein, damit wir ihn damit schnappen."

„Er oder *sie*", warf Richard ein.

Zehra überhörte seinen Kommentar, um ihren Gedanken weiterzuführen: „Und ich denke nicht, dass er dämlich ist. Er hat wohl kaum einen ganzen Haufen Handys auf einmal gekauft. Vielleicht erledigt das sogar ein Freund für ihn."

„Ein Freund?", hakte Richard nach.

Zehra wollte antworten, aber nun servierte der gutgelaunte Kellner die Getränke. Eine Weißweinschorle für Zehra und ein Radler für Richard. Zehra nahm einen Schluck, ohne mit ihm anzustoßen.

„Ein Freund?", wiederholte Richard.

Zehra nickte bedeutungsschwer. „Ich habe die Vermutung, dass es einen Mittäter gibt."

Richard unterdrückte ein Schlucken. Bildete er es sich nur ein, oder musterte ihn Zehra heute anders – genauer, durchdringender als bei ihrem letzten Treffen? Wollte sie eine bestimmte Reaktion aus ihm herauskitzeln?

„Der Mord an Viktor Petrow könnte möglicherweise der Schlüssel zu dem gesamten Fall sein", fuhr Zehra fort. „Auf dem Parkplatz vor dem Baggersee wurden Reifenspuren eines zweiten Wagens sichergestellt. Und eine aufmerksame Anwohnerin hat ausgesagt, ein silberner Golf habe in der Tatnacht erst kurz in ihrer Einfahrt geparkt, um dann weiter Richtung See zu fahren."

„Einmal wilde Kartoffeln, bitte sehr", sagte der Kellner heiter und stellte einen Teller mit üppiger Salatgarnitur vor Zehra ab. „Und einmal Schnitzelteller Amsterdam für den Herrn."

Beim Anblick des langen Lappens unpanierten Fleisches neben einem großen Haufen Spätzle wurde Richard spontan übel. Zehra stieß ihre Gabel in ein Salatblatt und nahm das Messer zu Hilfe, um es zu falten, sodass es in ihren Mund passte. Richard ignorierte seine Übelkeit und schnitt ein Stück Fleisch ab. Ehe er es zum Mund führte, wünschte er einen guten Appetit.

„Danke", sagte Zehra glatt, „lass es dir schmecken."

XXV

„Ist dir heiß?", fragte Zehra. „Du schwitzt."

„Ach", machte Richard, „ich schlafe in letzter Zeit nicht besonders gut." Gleich nachdem er es ausgesprochen hatte, wollte er sich ohrfeigen. Menschen mit schlechtem Gewissen hatten einen unruhigen Schlaf. „Wieso gehst du von zwei Tätern aus?", kam er auf das eigentliche Thema zurück.

„Das habe ich nicht gesagt", korrigierte Zehra. „Ich tippe eher auf eine ungleichberechtigte Mittäterschaft." Kurz dachte sie kauend nach. „Oder auf eine Art Protektorat. Drei Mordfälle, plus eine ungeklärte Dunkelziffer", meinte sie mit Blick auf das Fenster hinter Richard. „Es ist ungewöhnlich, dass wir bisher keine DNA-Spuren oder andere Hinweise an den Tatorten gefunden haben. Das lässt entweder den Schluss zu, dass wir es mit einem echten Profi zu tun haben, oder – und das scheint mir wahrscheinlicher – jemand hilft dem Mörder." Sie nahm einen Schluck von ihrer Weinschorle, ehe sie mit einem Ruck den Blick vom Fenster abwandte und, Richard in die Augen schauend, hinzufügte: „Und im Fall Viktor Petrow gibt es dafür konkrete Indizien."

Richard hatte sich gezwungen, die Hälfte seines Schnitzels und einen guten Teil der Spätzle aufzuessen. Das war gut gewesen, sein Magen fühlte sich weniger flau an, und allmählich bekam er seine Paranoia in den Griff. Ja, genau das war es, ermutigte er sich, nichts als Paranoia! Zehra hatte überhaupt keinen Grund ihn zu verdächtigen.

„Noch mehr als diesen dubiosen zweiten Wagen?", fragte er mit ruhiger Stimme.

„Schuhabdrücke, ganz nahe am Tatort, Größe 43", informierte Zehra ihn.

Unwillkürlich rollte Richard die Zehen ein, und seine just wiedergewonnene Ruhe war dahin. Er räusperte sich und sagte: „Das sind doch gute Anhaltspunkte. Ich denke, du bist dicht dran."

„Ja", stimmte Zehra mit einem Hauch Skepsis zu. „Mal sehen, was die Beerdigung von Maria Müller bringt. Vielleicht haben wir das unverschämte Glück, und unser Täter taucht persönlich auf."

„Maria Müller?", hakte Richard geistesgegenwärtig nach.

„Das dritte Opfer", erklärte Zehra. „Die, die wir aus der Ammer gefischt haben."

„Ah", machte Richard.

Zehra schob ihren leeren Teller beiseite und strich sich mit dem Zeigefinger über die Lippen. „Nur eines bereitet mir noch immer Kopfzerbrechen. Das Motiv. Wieso nimmt er seinen Opfern unterschiedliche Körperteile ab?"

Richard konnte nicht sagen, woher ihm der Einfall kam, aber plötzlich machte es Klick in seinem Kopf. Zwei Puzzleteile fügten sich aneinander. Es ergab noch kein vollständiges Bild, es war nur ein kleiner Ausschnitt.

„Was ist?", fragte Zehra und legte den Kopf leicht schief.

„Nichts", tat Richard rasch ab. „Mir brummt nur der Schädel." Er lachte heiser auf. „Es tut mir leid, dass ich dir keine bessere Hilfe sein kann."

„Das muss dir nicht leidtun", sagte Zehra freundlich. „Du kennst das ja. Manchmal ist es schon eine Hilfe, wenn einem jemand einfach nur zuhört."

Sie verabschiedeten sich vor dem Restaurant mit einer knappen Umarmung. Als Zehra zu ihrem Auto ging, zündete sich Richard mit zitternden Händen eine Zigarette an. Er nahm einen tiefen Zug und kramte in seinen Taschen. Da war sie, die Visitenkarte, die er gesucht hatte.

XXVI

Zehras Bemerkung, sie wolle auf die Beerdigung des dritten – zumindest des dritten offiziellen – Opfers gehen, hatte Richard an das Gespräch mit August auf der Vernissage erinnert. Sie waren beide schon ziemlich betrunken gewesen. Der blasse August hatte Richard erzählt, dass er früher bei einem Bestattungsunternehmen angestellt gewesen war, ehe er Künstler geworden war. Vielleicht handelte es sich um eine ganz und gar unwesentliche Information, aber sie hatte etwas bei Richard ausgelöst. Diese Nähe von Tod und Kunst ...

Er drehte die Visitenkarte in der Hand. Die Rückseite war unbeschriftet. Er drehte sie wieder auf die Vorderseite. *August Weber – bildender Künstler.* Darunter stand eine Adresse und eine Telefonnummer. Es konnte nichts schaden, dachte Richard und gab die Festnetznummer in sein Handy ein. Es klingelte mehrmals, und er wollte schon auflegen, als der Anruf doch noch entgegengenommen wurde.

„Hallo?", meldete sich die dünne Stimme von August.

„Richard Wolf hier. Wir haben uns neulich auf dieser Vernissage unterhalten."

„Ach ja", sagte August, „der Kunstverächter." Ein leises Lachen.

„Genau der", bestätigte Richard, „und genau deshalb rufe ich an. Sie könnten mir vielleicht helfen. Ich hätte ein paar Fragen und wäre Ihnen dankbar, wenn Sie sich ein wenig Zeit für mich nehmen könnten."

Schweigen. Hatte er sich zu undeutlich ausgedrückt? Aber er konnte ja noch nicht einmal für sich selbst eine klare These formulieren. Es war reine Intuition. Was sollte er sagen,

wenn der Künstler ihn bat, sein Anliegen zu konkretisieren? Doch das tat August nicht.

„Kommen Sie bei mir im Atelier vorbei. Passt Ihnen morgen 19 Uhr?"

„Ja", sagte Richard überrumpelt und schob ein „Danke" hinterher.

Ein Klicken und die Leitung war tot. Das war erstaunlich unkompliziert gewesen, wunderte sich Richard. Nun ja, warum auch nicht? Und Künstler waren ohnehin eine Gattung für sich. Das, wurde ihm auf dem Weg zurück ins Büro bewusst, war der Grund, weshalb er mit diesem August sprechen wollte. Er war der einzige Künstler, den er in der Stadt kannte. Und nebenbei könnte er vielleicht mehr über Anselm und das Verhältnis der beiden erfahren. Auch wenn Richard noch im Dunkeln tappte, er hatte das deutliche Gefühl, sich dem Licht am Ende des Tunnels zu nähern. Hoffentlich erwies es sich nicht als entgegenkommender Zug. Über sich selbst grinsend, schloss er die Bürotür auf.

In dieser Nacht schlief er ruhig wie ein Baby. Sein guter Schlaf ließ sich sicher dadurch erklären, dass er kaum Alkohol getrunken, wenig geraucht, gut gegessen und danach einen kleinen Spaziergang an der frischen Luft gemacht hatte. Es gab jedoch noch einen anderen Grund, einen unbewussten. Es war die Ruhe vor dem Sturm, ein letztes Atemanhalten, ehe die Welt aus den Fugen geriet und ein Gewitter des Chaos und der Vernichtung über ihn hereinbrechen sollte.

Nichtsahnend verbrachte Richard einen gemütlichen, schonenden Tag, um abends zum Atelier des Künstlers August Weber aufzubrechen.

XXVII

Er musste ein wenig suchen, bis er den versteckten Eingang auf der Rückseite eines Gebäudes, in dem sich auf der Vorderseite eine Molkerei befand, gefunden hatte. Richard schnippte seine Zigarette weg und drückte auf die einzige unbeschriftete Klingel. Es dauerte eine ganze Weile, aber dann war eine Bewegung hinter der Milchglasscheibe auszumachen. Ein sich nähernder Schatten. Richard machte einen Schritt zurück und die Tür öffnete sich. August Weber trug eine weiße Leinenhose, genau wie sein helles Hemd strotzte sie von Farbklecksen. Ein leises Lächeln lag auf dem weichen, von einigen Stoppeln um den schmallippigen Mund herum abgesehen geschlechtslosen Gesicht. Der Blick des Künstlers hatte etwas Entrücktes an sich.

„Guten Abend", sagte August, „kommen Sie doch herein."

Während Richard dem Künstler eine Treppe hinauf folgte, fragte er sich, ob es wirklich eine gute Idee gewesen war herzukommen. Da war sie wieder, diese Antipathie, die er bereits bei ihrem ersten Treffen gespürt hatte. Er riss sich zusammen, nahm seinen Hut vom Kopf und betrat das Atelier im zweiten Stock.

Die Abendsonne schien durch die einfach verglasten Fenster; im Winter musste es hier zugig und kalt sein. Das rötliche Licht fiel auf unzählige Bilder, die hintereinander auf dem Boden standen. Einige hingen auch an den Wänden. Soweit Richard es beurteilen konnte, waren auf den meisten Leinwänden antike oder mittelalterliche Motive dargestellt. Einige Szenen kamen ihm vage vertraut vor. Ein noch unfertiges Bild im Großformat, das an einer Wand lehnte, zeigte einen

Kampf zwischen Engeln und Teufeln. Es war sehr detailreich und irgendwie ... unzeitgemäß.

„Soweit möglich, versuche ich, historische Materialien zu verwenden", erklärte August. „Sehen Sie sich ruhig um. Ich mache uns derweil einen Kaffee. Sie trinken doch Kaffee?"

„Ja, gern", murmelte Richard. Als August den Raum verließ und seine Schritte auf der knarzenden Treppe zu hören waren, riss Richard den Blick von dem apokalyptischen Gefecht los und ging auf eine offenstehende Tür zu. Dahinter lag ein zweiter Raum, der dem ersten glich, nur dass hier am Fenster ein kleiner Sekretär stand, in einer Ecke lag eine Matratze. Mittig im Raum stand eine Staffelei, darunter auf dem Boden Farbtöpfe, Pinsel mit unterschiedlichen Borstenstärken und eine Mischpalette. Arbeitsmaterial und ein Schlafplatz – das erinnerte Richard an seinen eigenen Lebensstil. Vielleicht waren sie sich gar nicht so unähnlich.

Eine verschlossene Tür im Raum reizte Richard. Er verspürte den Drang zu erfahren, was dahinter lag. Aber zuerst umrundete er die Staffelei, um zu sehen, woran August gerade arbeitete. Es verschlug Richard den Atem. Er war durch und durch ein Kunstbanause, dieses Bild jedoch fuhr ihm auf den ersten Blick wie ein Donnerschlag durch Mark und Bein. Es zeigte einen Mann, umringt von vier nackten Frauen, die an ihm zogen. Ab den Oberschenkeln waren die Beine des Mannes von Fell bedeckt, anstelle von Füßen hatte er Bocksbeine. Die Leiblichkeit der Figuren war beinahe unerträglich, und Richard lief es kalt und heiß den Rücken hinab.

XXVIII

„Beeindruckend, nicht wahr?", sagte August, der mit zwei Tassen in den Händen neben Richard trat. „Nicht meine Stümperei, meine ich", fügte er hinzu, indes er Richard die eine Tasse reichte. „Es handelt sich dabei ja nur um eine Kopie. Aber ich denke, die Macht des ursprünglichen Motivs lässt sich durchaus erahnen."

„Von wem stammt das Original?", fragte Richard, der sich zum ersten Mal für Kunst interessierte, und nahm einen Schluck des schwarzen, starken Kaffees.

„Von William Adolphe Bouguereau, einem französischen Maler des 19. Jahrhunderts", erwiderte August lächelnd. „Damals galt er als einer der Größten, heute kennt ihn kaum noch jemand. Zu seinen Zeitgenossen soll er einmal gesagt haben, das Geheimnis eines guten Malers bestehe darin, Farbe und Linie als dieselbe Sache anzusehen."

„Was stellt es dar?", fragte Richard, ganz gebannt von den nackten Frauen. Eine hatte das Gesicht abgewandt. Mit einer Hand hielt sie die Haare des bocksbeinigen Mannes umfasst, die andere hob sie hoch hinauf in einen dunklen Himmel.

„Der Titel lautet *Nymphes et satyre*", dozierte August mit leiser Stimme. „Die Nymphen wurden beim Baden in einem Teich von dem Mischwesen überrascht. Um seine Leidenschaft abzukühlen, wollen sie ihn in den Teich zerren. Aber der Satyr wehrt sich. Es stellt einen Höhepunkt im Klassizismus dar, ehe die Impressionisten …" August hielt inne und machte eine wegwerfende Handbewegung. „Ich erspare Ihnen die akademische Meinung. Mir geht es um die perfekte Darstellung der Körperlichkeit. Der Mann als halb animalisches Wesen und die Frau im Übergang vom Mädchen zur Mutter. Wenn Sie genau hinsehen, werden Sie erkennen, dass

es nicht um Jugend geht, sondern um Zeitlosigkeit. Was den Mann hinabzieht, ist nicht Verführungskunst, wie man es eigentlich von Nymphen erwarten sollte, sondern die Weiblichkeit an sich, die Anima. Nie wurden Körper in ihrer Nacktheit wahrhaftiger dargestellt."

Richard überkam ein leichter Schwindel. Er nahm einen großen Schluck Kaffee und besann sich darauf, weshalb er hergekommen war. „Haben Sie von den Mordfällen gehört?"

„Ich lese nie Zeitung", erwiderte August achselzuckend.

„Nun", sagte Richard, und seine Zunge fühlte sich merkwürdig schwer und pelzig an, „es wurden mindestens drei Menschen getötet, und irgendwie kam mir die Idee, die Morde könnten etwas mit Kunst zu tun haben. Allen Opfern wurden Körperteile abgenommen. Ich dachte mir, Sie als Experte ..."

Er brach ab. Der Schwindel nahm zu, und das Bild vor ihm begann sich zu drehen. Ruckartig wandte er sich von dem Bild ab und bemerkte nun, dass August ihn von der Seite her musterte.

„Haben Sie ein Vorbild?", fragte August. „Jemanden, dem Sie nacheifern?"

„Nein", brummte Richard, verwirrt von dem Themenwechsel.

„Die Aufgabe – nein, die heilige Pflicht eines Schülers besteht darin, den Meister zu übertreffen."

„Okay", brummte Richard verlegen. „Sprechen wir jetzt von Anselm?"

„Nein, nein", erwiderte August lachend, „Anselm ist nur ein wohlwollender Förderer. Ich spreche von meinem wahren Meister. Er war wahrlich ein Visionär."

Richard wurde zunehmend unbehaglicher zumute. Etwas stimmte hier ganz und gar nicht. Und seine Kehle war so trocken wie eine Wüste. Er nahm einen Schluck Kaffee, und plötzlich traf ihn die Erkenntnis wie ein Schlag. Dem Kaffee war etwas beigemischt. August hatte ihn vergiftet oder unter Drogen gesetzt!

XXIX

Die Tasse entglitt Richards Hand. Sie fiel zu Boden und der letzte Rest Flüssigkeit bildete neben den Farbtöpfen eine dunkle Lache. Alles drehte sich um ihn, der Raum, die Bilder …

„Sie brauchen keine Angst zu haben", sagte August. „Kommen Sie, ich will Ihnen etwas zeigen."

Der Künstler nahm einen Schlüsselbund aus der Hosentasche. Das Klimpern klang in Richards Ohren unnatürlich laut. August schloss eine Tür auf, und Richard folgte ihm mit bleischweren Beinen.

„Mein Meister hat damals einen entscheidenden Fehler begangen", erklärte August. „Er saß dem falschen Glauben auf, Körpern allein durch ihre Erstarrung Zeitlosigkeit verleihen zu können. Aber kein realer Körper ist perfekt, es gibt nur perfekte Teile."

Richard hob den Blick und versuchte zu erfassen, was sich ihm da zeigte. Es war grässlich, ein Horrorkabinett. In dem großen, abgedunkelten Raum war die Szene von *Nymphes et satyre* nachgestellt. Eine plastische Installation in Lebensgröße. Vier Frauen umringten einen Männerkörper mit Bocksbeinen. Mit Schrecken erkannte Richard das Gesicht des Mannes. Es war das von Viktor Petrow. Eine feine Lackschicht lag darüber, genau wie über der Haut der Frauen, denen teilweise Gliedmaßen fehlten. Jetzt wurde es Richard klar: Die ganze Szene war zusammengestückelt. August, das Monster an seiner Seite, hatte sich von verschiedenen Personen genommen, was er für passend gehalten hatte. Wie viele Menschen mochten hier verarbeitet worden sein?

Mindestens ein Dutzend. Der Arm der Nymphe im Hintergrund wurde von Drähten in die Höhe gehalten. Ansonsten mussten die Leiber von einer Art Kleber zusammengehalten werden. Ein beißender Geruch hing in der abgestandenen Luft. Richard rang nach Atem.

„Es ist natürlich noch nicht vollendet", meinte August mit Stolz in der Stimme.

„All diese Unschuldigen …", stammelte Richard.

„Ach", tat August ab, „wer ist schon unschuldig? Sie sind nun Teil von etwas Größerem geworden. Das ist weitaus mehr, als die meisten erwartet."

Richard war fassungslos. Er musste Zehra informieren. Hier stand der Mörder, direkt neben ihm. Aber die Droge, die im Kaffee gewesen war, setzte ihm hart zu. Für einen Augenblick glaubte er, eine Bewegung in der bizarren Szene auszumachen.

„Sie sind wahnsinnig", brachte er mühevoll heraus.

„Lassen Sie es erst einmal auf sich wirken", riet August unbekümmert. „Und dann denken Sie in Ruhe über alles nach. Vergessen Sie auch nicht, dass wir gemeinsam drinstecken."

„Was?", keuchte Richard panisch.

„Glauben Sie, ich hätte Sie nicht bemerkt, damals am See?", konterte August. „Und jetzt sind Sie hier. Was wird Ihre Freundin von der Polizei davon halten?"

Es fiel Richard so schwer, logisch zu denken. Viktors Kopf drehte sich, und ein lebloses Auge zwinkerte ihm zu. Gott, er verlor den Verstand! Er musste etwas unternehmen, dem Wahnsinn ein Ende bereiten, jetzt!

XXX

Vor Richards Augen begann August zu arbeiten. Er tauchte einen Pinsel in einen Topf, streifte ihn ab und verteilte die klebrige Masse auf den Pobacken der vordersten Nymphe.

„Sie sollten das wirklich zu schätzen wissen", bemerkte er über die Schulter hinweg. „Sie sind Zeuge des wohl bedeutendsten Kunstwerks des 21. Jahrhunderts."

Wieder tauchte der Pinsel in den Topf, und August pfiff ein Lied, während er sich von den Pobacken weiter herunter zu den Schenkeln arbeitete. Richard kannte die Melodie. Es war dieselbe, die der Irre damals am See gepfiffen hatte. Irgendwie rückte ihm dieser Zusammenhang den Kopf wieder ein wenig zurecht. Hinzukam, dass nun eine neue Woge der Droge über ihn schwappte.

Plötzlich fühlte Richard sich ganz leicht. „Du dreckiger Bastard kommst damit nicht durch", knurrte er.

August unterbrach sein Pfeifen. „Och, ich denke schon. Unterschätze unseren gemeinsamen Freund nicht." Wieder tauchte er den Pinsel ein. „Diese neuartige Form der Konservierung wurde, bei aller Bescheidenheit, hauptsächlich von mir entwickelt. Es wird ein Bildnis für die Ewigkeit."

Die indirekte Erwähnung von Anselm löste etwas in Richard aus. Er glaubte einen Moment glasklarer Klarheit zu erleben. Alles ergab einen Sinn. Das morbide Kunstwerk vor ihm. Sein persönlicher Weg, der ihn hierher geführt hatte. August Weber, ein Schüler, der seinem Meister nacheiferte. Er stellte eine Bedrohung dar. Für jeden, an dem er etwas Schönes sah, aber auch für Anselm, um dessen Gunst sie beide buhlten, und nicht zuletzt für ihn selbst. Richard begriff: August wollte ihn hinab in die feuchte Tiefe ziehen, wie die Nymphen, die an dem Satyr zerrten.

Dort, an der Wand lehnte eine Axt. Die Axt, mit der August sich Viktors Kopf geholt hatte. Ganz selbstverständlich wanderte Richards Hand zum Griff, umschloss ihn. Er machte drei Schritte auf August zu, hob die Axt, holte zum Schlag aus.

In dem Augenblick drehte August sich um. Ihre Blicke trafen sich. „Nein!", schrie August, dann sauste die Axt nieder.

Richard hatte mit Kraft und Schwung zugeschlagen. Das Axtblatt hatte sich tief in das Gesicht des Künstlers gebissen. Kurz war er selbst erstarrt, wie seine Figuren vor ihm, die Augen schreckhaft geweitet, dann sackte er zu Seite.

Richard ließ den Griff los, taumelte einen Schritt rückwärts. Was hatte er getan? – Er hatte einem Serienmörder das Handwerk gelegt, beruhigte er sich. Es war richtig gewesen und notwendig. Alles war gut. Er fühlte sich noch immer leicht, beschwingt, überwach. Ja, er war erleuchtet. Alle kulturellen Prägungen, die sonst seine Instinkte unterdrückten, waren ausgeschaltet. Er war frei, er war rein, er war unschuldig, wie ein Tier, das tötete, um zu überleben. Er musste überleben! Und daher war es geboten, seine Spuren zu verwischen.

Natürlich! Der stechende Geruch, der von den Chemikalien ausging. Richard kniete sich hin, öffnete Dosen und Behälter und schüttete die alkoholisch riechenden Flüssigkeiten aus. Als er eine Spur durch alle drei Räume gelegt hatte, tat er einen Schritt zurück und zündete sich eine Zigarette an. Er lächelte vor Stolz und aus Freude über seine Gewitztheit, dann ließ er die Zigarette fallen. Die Flüssigkeit auf dem Boden reagierte sofort auf die Glut, und eine blaue Flamme schoss die Spur entlang.

XXXI

Richards geschärfte Sinne nahmen wahr, wie sich das Feuer über ihm knisternd ausbreitete, während er die Treppenstufen hinabeilte. Der Brand würde das gesamte Gebäude verzehren und alle Spuren seiner Anwesenheit vernichten. Zehra und ihre Kollegen würden sich wundern, dass es keine weiteren Mordopfer und Vermisstenfälle mehr geben würde. Die Sache war erledigt, der Fall abgeschlossen. Das glaubte er zumindest, bis er die Tür aufriss und eine schlanke Gestalt in einem Parka vor sich stehen sah. Beide erschraken gleichermaßen.

Richard fasste sich als erster wieder. „Michaela", sagte er heiser. Seine Stimme klang ihm fremd in den Ohren.

„Richard?", fragte die Journalistin vorsichtig und wich ein Stück zurück. „Was tust du hier?"

Ihr Blick, der Blick eines scheuen Rehs, und ihr Zurückweichen machten Richard rasend. Und er hatte keine Zeit für lange Erklärungen. Es war nicht gut, dass sie hier war. In diesen Gedanken hinein schossen ihm die Erinnerungen an ihre letzte gemeinsame Nacht in den Kopf. Und das Blut in seinem Körper verlagerte sich. Lust loderte in ihm auf. Ohne recht zu wissen, was er tat, packte er sie am Handgelenk und zerrte sie in Richtung Treppe. Michaela wehrte sich, aber nicht mit aller Kraft. Sie war zu überrascht. Er stieß sie nieder, drückte seinen Körper auf sie.

„Bitte, nein!", flehte sie. Das machte ihn nur um so wütender. Wieso gab sie sich ihm nicht hin? Sie kratzte ihn im Gesicht, er spürte den Schmerz, und wie im Fieber sah er sich plötzlich über die Schulter dabei zu, wie seine Hände sich um ihren Hals legten. Fest drückte er zu. Sie wimmerte. Er drückte weiter. Und auf einmal war sie ganz still. Reglos lag sie unter ihm.

Das war nicht er gewesen! Diese Droge, die durch seine Adern raste, hatte es getan! Sein Herz pochte laut und schnell in seiner Brust. Er beruhigte seinen Atem. Versuchte, einen klaren Gedanken zu fassen. Er konnte sie nicht einfach hier liegenlassen. Er stand auf, sah auf die tote Reporterin hinab. Für ein schlechtes Gewissen war später noch Zeit. Er packte die Leiche, hob sie sich auf die Schulter und schleppte sich die Stufen wieder hinauf. Hitze wallte ihm entgegen. Er trat die Tür zum Atelier auf. Ein Flammenmeer. Er übergab den leblosen Körper von Michaela dem Feuer, und dann stürzte er die Treppen hinab. Hinaus aus dem Gebäude. Er rannte, rannte, rannte. Nur weg, weg von all dem Grauen und Tod.

Wohin konnte er sich jetzt noch wenden? Sein Büro? – Allein und einsam zu sein in seiner momentanen Verfassung würde ihm vollends den Verstand rauben. Zehra war ausgeschlossen. Blieb nur noch Anselm. Ja, er musste zu ihm. Vielleicht konnte er ihm sogar helfen. Die Wirkung der Droge ebbte ein wenig ab. Er durfte nicht stehen bleiben. Mit schwindenden Kräften schleppte er sich den Berg zu Anselms Villa hinauf.

XXXII

War er völlig übergeschnappt? Wieso sollte Anselm von Eichelberg ihm helfen? Sie kannten sich doch kaum. Zweimal nur waren sie sich begegnet, und Richard hatte gerade kaltblütig seinen Schützling ermordet. Und danach … danach hatte er Michaela erwürgt. Im Affekt, aber das war wohl keine gute Ausrede. Vielleicht war das alles ja nur ein böser Traum. Oh, was hätte er darum gegeben, wenn es so gewesen wäre. Doch es war alles geschehen, das wusste er. Er war zum Mörder geworden.

Seine Hand hob sich quälend langsam, er spreizte den Zeigefinger ab und drückte mit der Kuppe auf die Klingel. Die Tür öffnete sich erstaunlich schnell. Anselm trug einen Smoking und eine Fliege. Vermutlich hatte er vorgehabt, das Haus bald zu einem feierlichen Anlass zu verlassen. Mit schnellen Schritten näherte er sich, schloss die Pforte auf und bedeutete Richard mit einer Geste einzutreten. Er stellte keine Fragen. Richard hätte auch gar nicht die Kraft gehabt, sich zu erklären. Es fiel ihm schon schwer genug, dem Hausherrn zu folgen. Dieser Empfang war seltsam, als wüsste Anselm, was geschehen war. Vielleicht sah er aber auch nur Richards Not und wollte helfen. Offenbar hatte Richard sich zumindest nicht getäuscht, was das Band zwischen ihnen anging – obwohl sie sich nur zweimal begegnet waren.

Wie durch einen dichten Nebel nahm Richard wahr, dass das Innere der Villa noch stilvoller eingerichtet war, als er von außen vermutet hatte. Ausnahmslos antike Möbelstücke in gepflegtestem Zustand. Durch eine offene Schiebetür betraten sie einen Salon. Obwohl die Temperatur auch so

angenehm gewesen wäre, prasselte ein Feuer in einem Kamin aus Naturstein. Richard musste seinen Blick rasch vom Feuer abwenden und schaute direkt ins Gesicht von Sandra Aurelia, die es sich auf einem Kanapee mit goldverzierter Lehne gemütlich gemacht hatte. Ihre Miene zeigte nicht den Hauch von Überraschung. Sie schenkte ihm ein freundliches Lächeln. Nein, das Lächeln war mehr als freundlich, es war geradezu anzüglich.

War es noch immer die Wirkung der Droge, dass ihm alles so unwirklich erschien? Ein sanfter Druck in seinem Rücken. Anselm schob ihn auf das Kanapee zu. Eine bleierne Schwere lag auf Richards Schultern, und er ließ sich nieder. Dann brach es aus ihm heraus, Sturzbäche von Tränen der Schuld und Verzweiflung rannen seine Wangen herab. Er kippte zur Seite, und Aurelia bettete seinen Kopf in ihren Schoß. Als würde sie ein Kind trösten, streichelte sie sein Gesicht, während er sich in Fötushaltung zusammenkauerte.

„Was ... weshalb?", kam es krächzend aus Richards Mund, aber es gelang ihm nicht, die Fragen auszuformulieren.

„Ruhen Sie sich aus", sagte Anselm, der ihm gegenüber auf einem Sessel Platz genommen hatte. „Wenn Sie aufwachen, reden wir, und Sie werden alles verstehen."

XXXIII

Am ganzen Leib zitternd, obwohl das Kaminfeuer noch immer brannte und er in eine Wolldecke gewickelt war, saß Richard da. Auf Anselms Geheiß hatte er sich im noblen Badezimmer ein wenig frisch gemacht. Der Morgen graute, und Dämmerlicht beherrschte den Salon. Aurelia war verschwunden. Richard zwang sich, einen weiteren kleinen Schluck von dem mit Honig und frischer Zitrone versetzten Kamillentee zu trinken, den ein Diener nebst Keksen aufgetragen hatte. Anselm klappte ein Buch zu und wandte sich an Richard, dessen Blick auf einer unvollendeten Schachpartie ruhte.

Anselm räusperte sich. „Für die Polizei hatten wir einen geselligen Abend zu dritt. Sie spielen doch Schach?"

„Ein wenig", murmelte Richard irritiert. Weshalb halfen Anselm und Aurelia ihm mit einem Alibi aus?

Der Hausherr erriet seinen Gedanken. Er legte das Buch auf den Tisch und faltete die Hände auf seinem Schoß. „Sehen Sie, Sie haben mir einen Gefallen erwiesen. August ist außer Kontrolle geraten. Wir hatten uns darauf geeinigt, dass nur ausgewählte, unbedeutende Subjekte in sein ... *Kunstwerk* einfließen. In der letzten Zeit hat er sich in einen Wahn hineingesteigert und sogar ein Auge auf Aurelia geworfen – ihre Handgelenke, um genau zu sein. Jemand musste ihn aufhalten."

„Wieso ich?", fragte Richard heißer.

„Bei unserer ersten Begegnung habe ich es bereits gespürt, aber bei unserer zweiten war ich restlos sicher. Wie Sie, das Hemd voll Blut, auf der Vernissage erschienen sind. Sie sind ein Krieger. Unter der richtigen Führung und Anleitung könnten Sie zu einem Ritter werden."

„Ich verstehe noch immer nicht", sagte Richard und fasste sich mit zitternder Hand an die Stirn.

„Geduld", riet Anselm. „Ich gehöre einem freigeistigen Orden an, und ich möchte Sie einladen, Teil dieser mächtigen Familie zu werden. Jemanden wie Sie können wir gut gebrauchen. Natürlich hat das Vorteile für Sie, und Ihre Initiation haben Sie vergangene Nacht bereits hinter sich gebracht."

„*Initiation*", murmelte Richard. Böse Bilder stürzten über ihn herein. „Ich habe eine Unschuldige getötet."

Auf Anselms Stirn bildeten sich Falten. Er bat Richard darum zu erzählen, was vorgefallen war. Richard legte schluchzend, aber klar ein umfassendes Geständnis ab. Als er endete, lächelte sein Gegenüber schief.

„Seien Sie versichert", sagte Anselm, „diese Person war vieles, aber mitnichten unschuldig. Sie haben richtig gehandelt. Diese lästige Reporterin stellte ein *Ärgernis* dar. Nennen wir ihr unerwartet frühzeitiges Ableben einen glücklichen Umstand. Eine Obendreingabe."

Ein Ärgernis habe sie dargestellt, weshalb? Und für wen? Auf der einen Seite fand Richard es schrecklich, was Anselm da sagte, auf der anderen wirkte dessen nüchterner Tonfall beruhigend. Anselm war definitiv äußerst intelligent, er hatte alles im Griff – und er wollte ihn decken. Das konnte Richard in seiner Lage nur recht sein. Er holte rasselnd tief Luft, um eine weitere Frage zu stellen, da klingelte im Flur ein Telefon.

„Entschuldigen Sie mich einen Augenblick", sagte Anselm und stand auf.

Anselm nahm den Hörer des antiken Apparats von der Gabel. „Ja?"

Eine raue Stimme meldete sich: „Der Auftrag wurde ausgeführt. Die Nachricht wurde von Frau Falks Emailaccount entfernt. Niemand wird nachweisen können, dass wir sie zu dem Atelier bestellt haben."

„Gut", erwiderte Anselm und hängte den Hörer ein. Er lächelte. Sein Plan war perfekt aufgegangen.

XXXIV

„Stört es Sie, wenn ich rauche?", fragte Richard.

„Tun Sie sich keinen Zwang an", erwiderte Anselm gönnerhaft.

Es war seltsam. Normalerweise hasste Richard naserümpfendes, elitäres Gehabe. Aber Anselm stand es wie eine zweite Haut. Er verstellte sich nicht, er *war* durch und durch Aristokrat. Und diese erhabene, authentische Autorität nahm Richard für ihn ein. Er bemühte sich ganz automatisch, sich in seine Denkweise hineinzuversetzen. „Nehmen Sie es mir denn gar nicht übel, dass die ganze Kunst von August zerstört wurde?"

„Ich bedaure es, sicher", antwortete Anselm. „Ich habe vor ihm schon seinen Mentor protegiert, und August hat mich von sich überzeugt. Aber, um ganz ehrlich zu sein, diese klassizistische Ausrichtung hat mir niemals gänzlich zugesagt." Lächelnd fügte er hinzu: „Wissen Sie, ich bin ein Renaissance-Mensch. Und der Orden fördert selbstredend noch viele andere Künstler."

„Handelt es sich bei diesem Orden um eine Art Freimaurerloge, oder um so etwas wie die Identitären?" Richard kannte sich auf dem Gebiet kaum aus, es war ein Schuss ins Blaue. Ein Kollege hatte ihm einmal ein Buch über diese Identitären in die Hand gedrückt. Er hatte nur die ersten Seiten überflogen, Lesen war nicht sein Ding.

„Tatsächlich ein wenig von beidem", erwiderte Anselm ernst. „Wir sind ein geheimer Bund, und es gibt Interessenüberschneidungen mit den Identitären. Stellen Sie es sich als eine Pyramide vor. Der Orden ist die Spitze, Burschenschaften,

Identitäre, gewisse Parteien stellen den Bauch dar." Er seufzte, ehe er fortfuhr: „Jede Bewegung braucht ihren Pöbel. Auch wenn diese Vielen leider stets die reine Lehre verwässern, sind sie doch notwendig. Sie bereiten die Gesellschaften auf den Tag des Umsturzes vor."

Richard nahm einen Zug von seiner Zigarette und musste husten. Er fing sich wieder und meinte: „Ein Umsturz von rechts, nehme ich an."

Anselm bemerkte den Vorwurf in den Augen seines Gesprächspartners und seufzte. „Diese ewige Hitler-Phobie! Ja", fuhr er genervt fort, „der Holocaust war fürchterlich – übrigens auch deshalb, weil er meiner Einschätzung nach mehrheitlich die Falschen getroffen hat. Aber man kann doch nicht wegen einer – zugestanden schlimmen Sache für alle Zeiten die Augen davor verschließen, dass etwas gehörig falsch läuft. Die repräsentative Demokratie, welche an den faulen Kompromissen ihrer Anfänge auf alle Zeiten festhalten möchte, kann nur in den Untergang führen. Wir leben in Zeiten großer Veränderungen und Herausforderungen, aber unsere Regierungsform ist per definitionem nicht dafür geeignet, angemessen zu reagieren, sich anzupassen. Sie ist träge und impotent! Verzeihen Sie", unterbrach sich Anselm, „ich gerate bei dem Thema zu leicht in Rage."

„Nein, nein", sagte Richard, „bitte fahren Sie fort. Erklären Sie mir Ihren Standpunkt."

Richard verfügte höchstens über Grundkenntnisse, was Politik anging, aber die Leidenschaft von Anselm wirkte ansteckend. Außerdem war ihm bewusst, dass er bald eine schwerwiegende Entscheidung treffen musste.

XXXV

Sie sprachen lange. Richard rauchte, und ein Bediensteter versorgte sie mit erlesenen Snacks und allem, was sie sich an Getränken wünschten. Die Sonne stieg langsam höher, und doch fiel ihr Gespräch aus der Zeit heraus, als fände es in einem fernen Jenseits statt oder auf einem Berggipfel, weit über allem Irdischen. Die reale, schmutzige Welt lag weit unter ihnen, und allmählich begriff Richard Anselms Absichten. Er wollte eine säkulare Technokratie einführen, geführt von einer intellektuellen Elite. Die Kunst sollte die Rolle der Religion einnehmen. Ein internationales Staatenbündnis sollte entstehen, das die Eigenheiten jeder Kultur schützte und nach außen ein Bollwerk gegen den Vormarsch des Islams und des amerikanischen Kapitalismus darstellen sollte.

Der wahre Feind des Glücks auf Erden, sagte Anselm nachdenklich, sei überall auf der Welt derselbe, und er trage die Namen Ignoranz, Gleichmacherei und Habgier. Auch dem vermeintlichen Verlierer dieser neuen Ordnung, dem schlichten, einfältigen Manne, ginge es weitaus besser, wenn er seine Stellung im großen Ganzen kennen und folglich seine Ziele auf das ihm Erreichbare hin ausrichten würde, anstatt davon zu träumen, reich und berühmt zu werden.

„Wo sehen Sie denn meinen Platz?", fragte Richard.

„Wie ich eingangs schon sagte", erwiderte Anselm lächelnd, „ich sehe Sie als sublimierten Krieger, als einen Ritter, der für Recht und Ordnung einsteht." Versonnen biss er von einem Streifen geräuchertem Fisch ab. „Bis das Ideal, die Utopie erreicht ist, könnte ich mir Sie am besten als Polizisten in leitender Position vorstellen."

Richard grunzte. „Schön wär's. Ich wurde entlassen."

Anselm schürzte die Lippen, ehe er entgegnete: „Mein lieber Freund, das ist mir bekannt. Der Verlust Ihrer Frau und Ihrer ungeborenen Tochter hat Sie wütend gemacht. Das ist nur allzu nachvollziehbar, und ich denke nicht, dass zwei kleine Aussetzer weiterhin Auswirkungen auf Ihre Karriere haben sollten. – Sie unterschätzen noch immer den Einfluss des Ordens."

Anselm stellte ihm also in Aussicht, seinen alten Rang zurückzuerhalten, wahrscheinlich sogar in Tübingen oder Stuttgart. Das war überaus verlockend. Die Erwähnung seiner verunglückten Frau allerdings traf ihn wie eine Lanze in die Brust. Da waren sie, die alten Dämonen, die bösen Bilder des Unfalls. Wie der entgegenkommende Wagen geschlingert hatte, aus der Spur gebrochen war, und wie er zu spät reagiert hatte. „Ich rede nie über meine Frau", brachte er gepresst hervor, „jedenfalls nicht, wenn ich nüchtern bin."

Anselm musterte Richard mitfühlend. „Es werden sich uns noch viele Gelegenheiten für lange Gespräche bieten, und ich will Sie keinesfalls überfordern. Ich muss Sie jedoch heute um eine Antwort bitten." Anselms Tonfall wurde noch sanfter, als er hinzufügte: „Sehen Sie es denn nicht? Sie waren ihr Leben lang, schon vor diesem schrecklichen Unfall ein Suchender. Jetzt, hier und heute, in diesem Augenblick sind Sie endlich zu Hause angekommen. Ich reiche Ihnen die Hand, Sie müssen sie nur noch annehmen."

XXXVI

Ja, Anselm hatte ihm die Hand gereicht, metaphorisch wie körperlich, und Richard hatte seine eigene ausgestreckt – und gezögert. Im Augenblick seines Zögerns war, wie auf ein geheimes Signal hin, Aurelia erschienen, hatte sich dicht neben ihn gesetzt, sodass ihr Schenkel seinen berührt hatte. Es war offenkundig ein Versprechen, ein Teil des Paktes.

Und Richard hatte eingewilligt. Jetzt im Rückblick, auf dem Weg in sein Büro, verstand er nicht mehr, weshalb er überhaupt gezaudert hatte. Sein alter Beruf, den er liebte, Anselm, den er bewunderte, und Aurelia, die er begehrte, auf der einen Seite der Waagschale – eine Mordanklage und mindestens fünfzehn Jahre Haft auf der anderen. Im Gegenzug verlangte Anselm nur eines: Loyalität ihm und dem Orden gegenüber. Vielleicht war dieser Preis weniger gering als er schien, zumindest würde das Aurelias Warnung auf der Vernissage erklären. Aber selbst, wenn er nun verflucht war: besser verdammt als hinter Gittern. Er hatte vergangene Nacht zwei Menschen getötet, doch er fühlte sich nicht schlecht. Darin bestand womöglich das größte Geschenk Anselms. Er hatte ihm das schlechte Gewissen genommen, indem er ihn überzeugt hatte, dass die Morde einer höheren Sache dienten.

Auf dem Holzmarkt hatte sich eine Versammlung eingefunden. Den Schildern und der Rede einer alten Frau, die in ein Mikrophon sprach, entnahm Richard, dass der Oberbürgermeister wieder einmal für Furore gesorgt hatte. Er war berüchtigt für provokante Äußerungen, die das Land auf Tübingen blicken ließ. Richard schob sich durch die

Menge und bog in die Gasse ein, die zu seinem Büro führte. Er schloss auf und ging direkt ins Hinterzimmer. Die Schuhe, die er damals am See getragen hatte! Er musste sie entsorgen. Alles, was ihm gefährlich werden konnte, musste entsorgt werden. Anselm würde ihn mit seinem Netzwerk beschützen, aber es lag an ihm, sämtliche Beweise loszuwerden. Er würde heute Nacht ein kleines Freudenfeuer auf der Neckarinsel entzünden.

Als er die Plastiktüte mit den Schuhen gefunden hatte, steckte er die Visitenkarte von Anselm hinein, dann kramte er in seinen Taschen. Er kramte zunehmend panischer. Sein Handy! Jenes Handy, von dem aus er August angerufen hatte. Wo war es? Wenn es ihm nicht in Anselms Villa aus der Tasche gefallen war, musste er es im Drogenrausch woanders verloren haben. Er konnte darauf hoffen, dass es im Atelier geschehen war, dann wäre es verbrannt. Darauf durfte er sich jedoch nicht verlassen. Er musste den Weg, den er gestern gegangen war, absuchen.

Er zündete sich eine Zigarette an, schlüpfte wieder in die Jacke und setzte den Hut auf. Er musste unter allen Umständen dieses verfluchte Handy finden oder Sicherheit darüber gewinnen, dass es zerstört worden war. Wenn dieser Punkt abgehakt war, konnte er sich zurücklehnen. Es würde keine neuen Morde mehr geben, und irgendwann würde die Polizei die Akte dieses Falles als teilweise ungeklärt schließen. Bis dahin müsste er nur noch einen kühlen Kopf bewahren, was er sich durchaus zutraute – sofern er dieses verflixte Handy fand.

XXXVII

„Denken Sie, es gibt eine Verbindung?", fragte der Dezernatsleiter finster. In der Nähe des linken Mundwinkels klebte ihm ein Stück Blätterteig, aber Zehra wagte nicht, ihn darauf aufmerksam zu machen. Das Essen war für Raimund Schäfer, ihren Chef, eindeutig Kompensation. Er hatte in den letzten Wochen zugenommen, und jede Bemerkung über seine Schwäche hätte seine Laune noch mehr verschlechtert.

Zehras Instinkt sagte ihr deutlich, dass es in der Tat eine Verbindung zwischen dem Feuer letzte Nacht und den Morden gab, aber da ihr Vorgesetzter ausschließlich Fakten akzeptierte, drückte sie sich vorsichtig aus: „Bislang deutet nichts darauf hin. Aber die Untersuchungen sind ja noch nicht abgeschlossen."

„Mhh", brummte der Dezernatsleiter. „Sonstige Fortschritte? Was hat die Auswertung der Überwachungsvideos ergeben?"

„Zwei Verdächtige", erwiderte Zehra, „die auffällig viele Wegwerfhandys gekauft haben, beide haben für die Tatzeiten Alibis. Ich habe sie persönlich überprüft, sie sind wasserdicht."

„Herrgott!", fluchte Schäfer und schlug mit der Faust auf den Tisch.

„Die Beerdigung von Maria Müller, dem dritten bestätigten Opfer", bemerkte Zehra, ungerührt von der harschen Geste, „hat sich ebenfalls als Sackgasse erwiesen. Unter den Trauergästen war niemand, der auch nur annähernd ins Profil gepasst hätte."

„Was ist mit ihrem alten Freund aus Kindertagen, diesem Wolf?", wollte der Dezernatsleiter wissen.

Zehra wählte ihre Worte mit Bedacht: „Um ganz ehrlich zu sein, ich bin mir, was ihn angeht, unsicher. Wir waren gemeinsam Abendessen, und er schien äußerst nervös. Ich kann mir beim besten Willen nicht vorstellen, dass er unser Täter ist, aber irgendetwas stimmt nicht mit ihm."

„Bleiben Sie an ihm dran."

„Natürlich", versprach Zehra.

Der Dezernatsleiter zog geräuschvoll die Nase hoch. „Warten wir ab, bis die Leichen des Brandes identifiziert sind. Womöglich erhalten wir dadurch endlich einen entscheidenden Hinweis."

Zehra nickte und stand auf. Sie kannte ihren Chef lange genug, um zu wissen, dass sie entlassen war. Bestimmt hatte er noch einige Leckereien in seiner Schublade und wollte mit ihnen allein sein.

Zehra verließ das Büro, ging den Gang entlang und öffnete die Tür zu ihrem eigenen. Eigentlich teilte sie sich den hellen Raum mit ihrem Partner. Sie schaute auf seinen leeren Schreibtisch und ärgerte sich nicht zum ersten Mal darüber, dass David ausgerechnet jetzt in Kur war. Das war unfair, schalt sie sich selbst. David war ein Workaholic, und sein Übereifer musste ja einmal in einem Burnout enden. Zehras Schreibtisch war alles andere als leer. Die Akten stapelten sich neben ihrem Laptop. Sie machte sich Platz und beschloss, das gesamte Material noch einmal in Ruhe durchzugehen – so lange, bis es irgendwo *klick* machte. Sie würde diesen mordenden Mistkerl schnappen, auch ohne Davids Hilfe.

Sie hatte kaum richtig angefangen, als ihr Privathandy klingelte. Es war die Nummer des Schulsekretariats. Zehra seufzte und nahm ab.

XXXVIII

Auf dem Weg zur Schule hatte Zehra zweimal versucht, Richard zu erreichen. Es hatte geklingelt, aber er hatte die Anrufe nicht entgegengenommen. Das Gespräch mit der Klassenlehrerin war, wie erwartet, unerfreulich, aber immerhin kurz ausgefallen. Jetzt saß Zehras Tochter mit Schmollmund und vor der Brust verschränkten Armen neben ihr auf dem Beifahrersitz. Im Moment hatte eine Moralpredigt keinen Sinn, das wusste Zehra, deshalb schwiegen sie. Erst als sie in der Einfahrt geparkt hatten, Zehra den Motor abstellte und den Gurt löste, fing Defne Johanna Kuzu an zu sprechen: „Was die blöde Kuh natürlich nicht gesagt hat, ist, dass Julia sich über Papa lustig gemacht hat."

So etwas hatte Zehra schon befürchtet. Teenager waren gemein, das hatte sie am eigenen Leib erfahren, und die Rückkehr von Defnes Vater in die Türkei war ein gefundenes Fressen für jemanden, der sie auf die Palme bringen wollte. Aber das rechtfertigte freilich nicht, Gewalt anzuwenden. Sie sah ihre Tochter an, die zu ihrem Missfallen das Temperament ihres Vaters geerbt hatte. „Das ist wohl kaum ein Grund, ihr gleich die Nase zu brechen."

„Angebrochen", verteidigte sich Defne. „Die Nase ist nur angebrochen."

Zehra seufzte.

„Was?!", fuhr Defne auf. „Willst ausgerechnet du mir sagen, ich soll mich nicht wehren?"

„Es gibt einen Mittelweg zwischen sich nicht wehren und jemandem die Nase zu brechen", versuchte Zehra es ruhig.

„Anzubrechen!", schrie Defne. „Hörst du mir eigentlich nie zu?"

Tränen schossen ihr in die Augen. Sie riss die Beifahrertür auf und lief im Stechschritt auf die Haustür zu. Zehra blickte ihr nach und schüttelte resigniert den Kopf. Sie zückte ihr Handy und drückte Wahlwiederholung. Es klingelte, niemand nahm ab. Es ging auch keine Mailbox ran, es klingelte nur, monoton und trostlos. Ob es ewig klingeln würde? Mit einem Ruck stieg Zehra aus dem Auto. Plötzlich war sie wütend. Was glaubte die kleine Madame eigentlich? So respektlos durfte man doch nicht mit seiner Mutter reden! Sie war zu weich mit ihr, seit ihr Vater sie verlassen hatte. Das tat weder Defne noch ihr selbst gut.

Nach einem heftigen Streit und Tränen auf beiden Seiten hatte Defne sich in ihr Zimmer zurückgezogen, während Zehra brütend am Küchentisch saß. Ihr Handy klingelte. Aber es war nicht Richard, der sie zurückrief. Das Display verriet ihr, dass es sich um Professor Fischer von der Rechtsmedizin handelte. Zehra nahm ab.

„Oberkommissarin Kuzu?", fragte der Professor mit seiner leicht näselnden Stimme.

„Am Apparat", meldete sich Zehra knapp.

„Ich bin noch nicht ganz durch", sagte der Professor, „aber ich denke, Sie sollten sich auf den Weg zu mir machen. – Sofern Sie es einrichten können", schob er höflichkeitshalber nach.

„Weshalb?", fragte Zehra.

„Nun …" Fischer zögerte, ehe er sagte: „Ich habe hier einen Kopf vor mir liegen. Die Gebissanalyse ist eindeutig. Dieser Schädel saß einmal auf den Schultern von Viktor Petrow."

Zehra schluckte hart. „Ich mache mich sofort auf den Weg."

XXXIX

Diese kleine türkischstämmige Kommissarin war ein echtes Phänomen, dachte der leitende Rechtsmediziner, Professor Roland Fischer. Selbst seinem Assistenten war beim Anblick der verkohlten Leichen und vor allem der Leichenteile schlecht geworden, sie hingegen hatte sich einen Überblick verschafft, um ihn hernach eiskalt mit Fragen zu löchern. Der Assistent hatte Kaffee gebracht, und nun standen sie Seite an Seite an die weiße Wand gelehnt. Der Blick der Kommissarin ruhte auf den beiden Obduktionstischen, mit denen der Professor sich besondere Mühe gegeben hatte. Die Leichenteile waren entsprechend dem Bericht der Spurensicherung angeordnet. Füße, Beine, Gesäßknochen, Oberkörper, Arme, Hände – allesamt von unterschiedlichen Personen. Er hatte ihr bereits gesagt, dass er einen vermutlich vom Täter hergestellten Klebstoff entdeckt hatte, der die Teile miteinander verbunden hatte.

„Was zur Hölle soll das?", dachte Zehra laut nach.

„In Anbetracht der Fundstätte würde ich den Schluss wagen, es handelt sich um eine Art Kunstwerk", sagte der Professor und führte den Kaffee zum Mund.

„Und der da", Zehra deutete auf den Obduktionstisch ganz rechts, „war Künstler, sagten Sie. August ..."

„August Weber", half der Professor aus und trank nun einen Schluck.

Beide betrachteten sie die schwarz verkohlte Leiche des Künstlers, dessen Stirn eine klaffende Spalte aufwies. In mühevoller Arbeit hatte der Professor das Axtblatt entfernt.

„Wäre es vorstellbar, dass er sich diese Verletzung selbst zugefügt hat?", wollte die Kommissarin wissen.

„Ausgeschlossen", erwiderte der Professor fest. „Der Eintrittswinkel und die Wucht des letalen Hiebes sprechen eindeutig dagegen."

„Und was ist mit ihr?", fragte Zehra und wies mit der Tasse auf die Leiche daneben, die einzige neben der des Künstlers, die an einem Stück war. „Sind Sie sich sicher, dass sie erdrosselt wurde?"

„In der Tat", gab Fischer zurück. Er konnte sich ein leises Lächeln des Stolzes nicht verkneifen. Nur selten wurden seine Fähigkeiten so auf die Probe gestellt wie bei der toten Reporterin. Er hatte es längst aufgegeben, die Kommissare der Kriminalpolizei mit seinem Fachwissen und seinen forensischen Verfahren beeindrucken zu wollen. Sie waren lediglich an den Ergebnissen seiner Untersuchungen interessiert, und daher ersparte er Frau Kuzu die Details.

„Das bedeutet, niemand hier starb an den Folgen des Feuers", stellte sie fest.

Der Professor nickte zustimmend.

„Und das bedeutet wiederum, dass der Mörder noch immer frei herumläuft", sagte Zehra und nahm nun auch einen tiefen Schluck von ihrem Kaffee.

Der Professor räusperte sich. „*Ein* Mörder", korrigierte er mild. „Es wäre ja durchaus vorstellbar, dass der … *Sammler-Mörder* vor uns liegt."

Zehra war nicht auf den Kopf gefallen, denselben Gedanken hatte sie auch gehabt. Sie wollte die These nur aus dem Mund des Professors bestätigt hören. „Wir suchen also den Mörder eines Serienmörders."

„Und den einer Reporterin", fügte der Professor mit listigem Tonfall hinzu.

„Wieso das?", hakte Zehra nach. „Der Künstler könnte sie doch erwürgt haben."

„Nein", trumpfte der Professor auf. „Seine Hände sind zu klein. Die subkutanen Würgemale …" Er brach ab. Professor Roland Fischer war ein empathischer Mensch. Er hatte bemerkt, dass die Kommissarin mit den Gedanken bereits woanders war.

Und er hatte recht mit seiner Einschätzung. Zehra biss sich auf die Lippen, zückte ihr Handy und ließ es wieder einmal bei Richard anklingeln. Auch dieses Mal nahm er den Anruf nicht entgegen, und Zehra beschloss, ihm einen spontanen Besuch abzustatten.

XL

Genervt hatte Zehra ihren Kleinwagen durch die verstopften Einbahnstraßen der Stadt gesteuert. Eine Fahrt durch Tübingen war stets eine kleine Tortur, aber heute fand wohl eine der unzähligen Veranstaltungen statt. Schokofest, umbrisch-provenzalischer Markt, Kulturtage – was auch immer, jedenfalls war die Verkehrssituation noch nervtötender als sonst. Sie musste tief in die Weststadt fahren, um schließlich einen freien Parkplatz zu finden. Gar nicht weit von hier befand sich das abgebrannte Atelier. Vielleicht würde sie auf dem Rückweg vorbeischauen.

In der Altstadt war es nicht besser als auf den Straßen drumherum, nur dass sich hier keine Autos stauten, sondern Leiber. Selbst durch ihre Schleichwege drängten sich Touristenströme, viele zu allem Überfluss noch mit Kinderwagen. Umso ärgerlicher wurde sie, als sie Richards Büro verlassen vorfand. Diesmal war die Tür abgeschlossen, und wieder reagierte er nicht auf ihre Anrufversuche. Also zurück durchs Gedränge. Es war nicht einmal ein richtiger Markt, sondern ein Bücherfest.

Um ein wenig innerlich zur Ruhe zu kommen, verweilte Zehra bei einer Lesung unter freiem Himmel. Eine junge Frau an einem Stehpult las Gedichte in ein Mikrofon. Die Reime waren scheußlich, und Zehra überkam Fremdschämen. Nach drei pubertär-nabelschauenden Gedichten hielt sie es nicht mehr aus und ging weiter. Abrupt blieb sie stehen, dachte kurz nach und ging zurück in die Richtung, aus der sie gekommen war. Als sie die überbevölkerte Neckarbrücke hinter sich gebracht hatte, wandte sie sich nach rechts – und

stand direkt vor der Redaktion der Lokalzeitung. Ein guter Einfall, lobte sie sich selbst und trat ein. Sie stellte sich der Frau am langen Eingangstresen als Kommissarin vor und wurde freundlich auf den Aufzug hingewiesen, der sie hinbrächte, wohin immer sie wolle.

Zunächst fuhr Zehra nach oben. Eine Sekretärin und zwei Redakteure nahmen sich höflich Zeit für ihre Fragen. Höflich und betroffen. Hier wusste man bereits, was geschehen war. Klar, dachte Zehra, schließlich war sie unter Journalisten, die ihren Beruf ernst nahmen. Aus den Antworten ging hervor, dass Michaela Falk beliebt gewesen war, vor allem bei den männlichen Kollegen.

„Vielleicht eine Spur zu ehrgeizig", deutete ein Redakteur mit Pferdeschwanz an. Über das Privatleben der Reporterin erhielt Zehra nur spärliche Angaben. Aber sie war ohnehin nicht wegen eines Routinechecks hergekommen. Bereits auf der Türschwelle fragte sie den Redakteur, ob etwas dagegen spräche, dass sie sich im Archiv umsähe. „Nicht im Geringsten", erwiderte der Mann. „Wissen Sie was? Ich habe sowieso schon seit einer halben Stunde Mittag. Wenn Sie wollen, begleite ich Sie. – Herrscht ein ziemliches Chaos da unten", fügte er zwinkernd hinzu.

Zehra nahm das Angebot dankend an, und gemeinsam fuhren sie mit dem Fahrstuhl nach unten. Auf der Anzeige neben den Knöpfen stand nichts von einem Archiv. *UG: Vertrieb* stand dort.

XLI

Der Fahrstuhl kam sanft zum Stehen, und der vielleicht etwas zu freundliche Redakteur stieg aus. Zehra ließ ihre Hand zur Hüfte wandern, wo sie unter der Bluse das Halfter mit der Dienstwaffe trug, dann folgte sie dem Mann in einen dunklen Flur. Er hielt ihr eine Tür auf, sie ging hinein, er huschte hinterher. Als die Tür ins Schloss fiel, brachte Zehra instinktiv Raum zwischen sich und den Mann, dessen Gesicht im grellen Licht einer Neonröhre mit einem Mal nicht mehr so offen und herzlich wirkte. Sie hatten einen Drucker zwischen sich. Sollte sich der Mann zu rasch bewegen, würde die Zeit ihr ausreichen, die Pistole aus dem Halfter zu reißen. Rechtzeitig zum Schuss kommen würde sie kaum, dafür müsste sie die Waffe erst noch entsichern. Aber sie ging davon aus, dass der Anblick der Waffe ausreichen würde. Die meisten Menschen verloren ihre bösen Absichten, wenn sie in den Lauf einer geladenen Pistole blickten. Apropos böse Absichten ... was wollte er überhaupt von ihr?

„Wo ist das Archiv?", fragte Zehra mit betont ruhiger Stimme.

„Oben", sagte der Mann fahrig. Er machte einen Schritt nach vorne, Zehra wich einen zurück. Noch einen, und sie würde mit dem Rücken an die Aktenschränke stoßen.

Ganz unerwartet änderte sich die Miene des Mannes. Erkenntnis huschte über sein Gesicht, dann Schuld, dann Besorgnis. „Es tut mir leid", faselte er los. „Ich fürchte, Sie missverstehen ... Aber klar, ein Mann und eine Frau in einem Kellerraum ... Es tut mir leid. Ich wollte nur unter vier Augen mit Ihnen sein."

„Um was zu tun?", fragte Zehra kühl.

Die Schultern des Mannes sackten nach unten. „Ihnen sagen, dass Sie in unseren Archiven nicht finden werden, wonach Sie suchen."

„Ach", meinte Zehra, „und wonach suche ich?"

Jetzt wirkte der Mann ehrlich irritiert. „Na, ich ... äh ... bin davon ausgegangen, Sie fragen sich vielleicht, ob es in der Vergangenheit einen, äh, vergleichbaren Vorfall gegeben hat."

Zehra zog eine Braue hoch. „Und? Hat es?"

Der Redakteur nickte. Allmählich schien er seine Fassung zurückzugewinnen. „Vor exakt zweiundzwanzig Jahren", sagte er mit gesenkter Stimme. „Es erschien nur ein einziger Artikel dazu", fuhr er fort. „Unter Kollegen nannten wir das Ereignis *Die Vernissage des Grauens*. Es war fürchterlich, geradezu grotesk."

Zehra hatte sich gerade ein wenig entspannt, jetzt überkam sie eine Gänsehaut. „Weshalb wurde darüber nicht mehr berichtet?"

„Eine gute Frage", sagte der Redakteur verschwörerisch, „eine wirklich gute Frage."

XLII

Zehra war heilfroh, als sie das Zeitungsgebäude verließ. Für einen Tag hatte sie genug Schauergeschichten und Verschwörungstheorien gehört. Sie schrieb ihrer Tochter eine SMS, um ihr mitzuteilen, dass sie sich auf den Heimweg machte. Erst nachdem sie das Bücherfest weitläufig umgangen hatte und losgefahren war, erhielt Zehra ein kurze, patzige Antwort. Sie seufzte lang und schwer. Es war nicht einfach, alleinerziehend zu sein, und die Polizeiarbeit machte es nicht besser.

Was war wohl dran an den Spekulationen des Redakteurs? So wahnhaft diese Geschichte von einer Vernissage des Grauens geklungen hatten, sie musste sie wenigstens überprüfen. Er hatte ihr einen konkreten Namen geliefert – um ihr danach das Versprechen abzunehmen, dass er selbst anonym bliebe. Zehra schüttelte den Kopf. Eine geheime Loge, welche die Morde eines Künstlers deckte … Das war doch ausgemachter Schwachsinn. So etwas gab es nur im Fernsehen oder in Groschenromanen. Andererseits gehörte das, was sich in dem Atelier abgespielt haben musste, ebenfalls nicht in die Wirklichkeit, jedenfalls nicht in die Realität ihrer Stadt.

Dennoch, es musste eine andere, eine vernünftigere Erklärung geben, und aus einem unbestimmten Grund verstärkte sich in ihr der Verdacht, dass Richard auf irgendeine Weise seine Finger im Spiel hatte. Wieder nahm er nicht ab. Das machte sie allmählich rasend, aber jetzt war sie zu Hause angekommen und bemühte sich um Ausgeglichenheit. Was sie gerade am wenigsten gebrauchen konnte, war ein neuerliches Aufflammen des Streits mit Defne.

Offensichtlich hatte sich diese trotz ihres Teenager-Dickschädels ebenfalls vorgenommen, weitere Eskalationen zu vermeiden. Sie begrüßte Zehra, nicht mit einem Lächeln, auch nicht besonders herzlich, aber immerhin sagte sie *Hallo*. Später am Abend sahen sie sich gemeinsam einen Film an. Defne interessierte sich gerade für ältere Filme. Bestimmt wegen dieses pickeligen Möchtegern-Regisseurs, zwei Klassen über ihr, in den sie sich verknallt hatte. Zehra hatte ihr die Wahl überlassen, und so streamten sie *Angel Heart*. Manche Szenen waren Zehra zu brutal für Defne, aber das behielt sie wohlweislich für sich. Mickey Rourke brillierte in der Hauptrolle. Die Handlung war packend und die Auflösung überraschend. Noch während der Abspann lief, schützte Defne ein Gähnen vor, stand auf und wünschte ihrer Mutter eine gute Nacht.

Zehra blieb allein auf der Couch zurück und fragte sich, weshalb sich im Rückblick auf den Film ständig Richards Gesicht vor das von Mickey Rourke schob. War es ihm vielleicht wirklich so ergangen wie dem Helden Harry Angel, der einem Mörder hinterherjagte, nur um am Ende festzustellen, dass er selbst der Killer war? Eine äußerst kühne These und eine, die dem Realitäts-Check keine Sekunde lang standhielt. Warum schoss sie sich gedanklich überhaupt so auf Richard ein? Er war einer von den Guten, er hatte ihre Schulzeit erträglich gemacht. Kurz überkam sie ein schlechtes Gewissen, aber sogleich disziplinierte sie sich. Er mochte ein anständiger Kerl gewesen sein, früher, doch Menschen änderten sich. Und ihre Spürnase täuschte sich nur sehr selten. Morgen würde sie ihn finden und ihn in die Mangel nehmen. Sie zog sich die Decke bis unter die Nase und schlief ein, noch ehe der Bildschirm schwarz wurde.

XLIII

Zehra saß mit schmerzendem Rücken am Küchentisch. Vor ihr der aufgeklappte Laptop, daneben das Handy und eine halb ausgetrunkene Tasse Kaffee. Sie hatte eine Datei angelegt und alle Erkenntnisse eingetragen. Darunter ihre Spekulationen. Sie verschob ihren Überraschungsbesuch bei Richard, zuerst wollte sie herausfinden, was an der Geschichte des Reporters dran war. Zumindest der Name, den er ihr genannt hatte, war echt. Christoph Mayer war tatsächlich ein in Tübingen wirkender Künstler gewesen. Im Internet waren leicht einige Berichte über seine provokanten Arbeiten zu finden, es gab sogar einen Wikipedia-Artikel über ihn. Sonderbar war nur, dass es keine Einträge gab, die jünger als dreiundzwanzig Jahre waren. Als wäre er plötzlich vom Erdboden verschluckt worden.

Und das war er gewissermaßen auch. Durch ihren Zugriff auf die bundespolizeiliche Datenbank hatte Zehra herausgefunden, dass er tatsächlich wegen mehrfachen Mordes angeklagt, verurteilt und in der JVA Freiburg inhaftiert worden war. Sie musste mit ihm sprechen, also stand ihr ein kleiner Ausflug ins Badener Land bevor.

Defne schlief noch. Es war Samstag, und sie würde bestimmt etwas mit ihrer Clique unternehmen. Zehra schrieb einige Zeilen auf einen Zettel, legte ihn auf den Küchentisch, dann meldete sie ihren Besuch in der JVA an und verließ leise die Wohnung.

Die Straßen waren die gesamte zweistündige Fahrt über angenehm frei. Erst eine weite Strecke über die Autobahn, dann an Donaueschingen vorbei und durch den Schwarzwald, zuletzt das kurvenreiche Höllental hinunter. Mit Hilfe einer Navi-App fand sie die JVA auf Anhieb. Sie parkte auf dem Besucherparkplatz und betrat das an eine moderne Festung erinnernde Gebäude durch den Haupteingang. Im Eingangsbereich hieß sie ein Beamter in Uniform willkommen. Er bat sie in breitem Badisch darum, ihre Dienstwaffe und alle spitzen Gegenstände in eine Schublade zu legen, und klärte sie routinemäßig darüber auf, dass die anschließende Begegnung optisch und akustisch überwacht werden würde. Zehra unterschrieb eine Belehrung, dann führte der Beamte sie einen langen Gang entlang. Sie durchquerten zwei Sicherheitsschleusen, danach bogen sie rechts ab und folgten wieder einem sterilen Gang.

Zehra hatte Mühe, mit dem Mann Schritt zu halten. Von der Autofahrt waren ihre Beine lahm. Vor einer stählernen Tür hielt der Beamte an und wandte sich an Zehra: „De Insasse isch uff ihre Bsuach vorbereitet wore. Er isch an Händ un Bein fixiert. Aber sin Sie trotzdem vorsichtig." Er steckte seine Daumen in den Gürtel, ehe er hinzufügte: „Mir hän do ne Menge schwärer Jungs, aber seller Typ isch e Knallkopf erschter Güte. Völlig immun gege jede Form vu Resozialisierung. Drum blibbe die ganz Zit über uff eurer Sidde vum Disch."

„Danke für die Warnung", murmelte Zehra.

Der Beamte schloss die Tür auf, und Zehra trat ohne Zögern ein.

XLIV

Der Mann vor ihr war von einer kolossalen Hässlichkeit. Er war nicht übergewichtig oder dick, er war fett. Hatte eine zu kurz geratene, nach vorne gewölbte Stirn, massige, schlaff herabhängende Tränensäcke unter glasigen Glubschaugen. Das spärliche graue Haar trug er kurz geschoren, wodurch die tiefen Geheimratsecken noch mehr zu Geltung kamen. Auf seinem aufgeblähten Gesicht glitzerte ein dünner Schweißfilm. Seine wulstigen Lippen waren von einer Scharte zweigeteilt, sodass schwer auszumachen war, ob er seinen Gast anlächelte. Insgesamt wirkte Christoph Mayer wie ein dickleibiger, ausrangierter Ochse ohne Hörner. Bei den Handschellen, die seine fleischigen Gelenke mit dem Tisch verbanden, musste es sich um eine Sonderanfertigung handeln. Zehra versuchte, sich ihre Abscheu nicht anmerken zu lassen, und setzte sich dem Mann gegenüber auf den schlichten Stuhl. Mittlerweile war sie sich ziemlich sicher, dass der Ochse sie lüstern angrinste.

„Herr Mayer", eröffnete sie das Gespräch, „mein Name ist Zehra Kuzu, ich komme vom Kriminalkommissariat Tübingen. Zunächst einmal möchte ich Ihnen danken, dass Sie sich Zeit für mich nehmen."

„Keine Ursache", sagte ihr Gegenüber, dessen hohe Stimme nicht zu seiner Körpermasse passen wollte. „Zeit habe ich in Hülle in Fülle. Ich kann es mir erlauben, damit geradezu verschwenderisch umzugehen." Wieder dieses schwer zu deutende Grinsen auf seiner feisten Miene.

Zehra war nun hellwach. Die gewählte Ausdrucksweise des Mannes vor ihr zeugte von Intelligenz und Bildung – zwei Dinge, die sie ihm aufgrund seines Erscheinungsbildes nicht zugetraut hatte. „Lassen Sie uns offen sprechen", sagte sie und beugte sich leicht nach vorne. „In Tübingen gab es eine Mordserie. Ein Künstler hat Leichenteile für eine Art

… *Installation* gesammelt." Sie hielt kurz inne, ehe sie hinzufügte: „Der Künstler, August Weber, ist tot. Wenn Sie mir von ihm erzählen, kann es ihm also nicht mehr schaden. Gehe ich recht in der Annahme, dass er einmal Ihr Schüler war?"

„Haben Sie das Werk gesehen?", fragte Mayer, anstelle einer Antwort.

„Nein", erwiderte Zehra.

Der Angekettete stöhnte. „Bedauerlich. Aber ich befürchte, Sie haben nicht viel verpasst." Der Mann grunzte. „Aus *Teilen*! Schon die Vorstellung widert mich an. Ich kann mir ungefähr denken, was sich der liebe August dabei gedacht hat, aber mit meiner Lehre hat das nichts mehr zu tun. Ein Meister ist eben niemals gefeit vor nichtswürdigen Epigonen."

Also war das Scheusal vor ihr tatsächlich August Webers Mentor gewesen. Zehra spürte Wut in sich aufsteigen. Wenn sie von dieser Verbindung früher gewusst hätte … Sie musste sich konzentrieren. „Würden Sie mir von dieser Vernissage erzählen, bei der man Sie gestellt hat?"

Nun beugte sich auch Mayer vor, soweit es die Fesseln erlaubten. „Würden Sie mir sagen, ob sie heute bereits masturbiert haben? Ich mache es ständig, mehrmals am Tag."

Unwillkürlich wich Zehra zurück. Sie schüttelte den Kopf.

„Ach kommen Sie!", amüsierte sich Herr Mayer. „Quid pro quo, wie in *Das Schweigen der Lämmer*."

„Sie sind nicht Hannibal", erwiderte Zehra trocken, „und ich keine Jodie Foster."

„Da haben Sie allerdings recht", stimmte Herr Mayer zu. „Können Sie sich vorstellen, wie es ist, wenn man sein Leben der Ästhetik und der Schönheit widmet und so aussieht wie ich? – Ja, ein wenig können Sie es sich vorstellen", fügte er mit Befriedigung in der Stimme hinzu.

Zehra biss sich auf die Unterlippe. Das Schwein versuchte, sie zu kränken, aber sie musste einen kühlen Kopf bewahren, musste mehr aus ihm herauskitzeln.

XLV

Auf der Rückfahrt ging Zehra den ganzen Gesprächsverlauf noch einmal in Gedanken durch. Nachdem der irre Künstler Mayer persönlich geworden war, hatte sie kaum mehr Verwertbares aus ihm herausbekommen. Er hatte sich absichtlich von seiner ekelhaftesten Seite gezeigt, bis Zehra sich nicht mehr anders zu helfen gewusst hatte, als auf den Standardkurs auszuweichen. Erst hatte sie gedroht, dann Hafterleichterung in Aussicht gestellt. Es war gut, dass sie das Gespräch zuvor anders angegangen war. Er hatte ihre Bluffs sofort durchschaut und sie mit seinem widerwärtigen Lächeln quittiert, um sie dann in einem fort zu beleidigen. Eine Erkenntnis hatte ihr der weitere Gesprächsverlauf gerade durch die herablassende Selbstzufriedenheit doch beschert. Der Widerling hatte es explizit auf den Punkt gebracht.

„Sie haben mir rein gar nichts anzubieten. Ich habe hier alles, was man sich wünschen kann", hatte er gesagt. Wie konnte das sein? Hatte er so gut mit seiner Kunst verdient, dass er sich eine Sonderbehandlung leisten konnte? Vielleicht lag der Zeitungsredakteur, mit dem sie tags zuvor gesprochen hatte, gar nicht so falsch. Möglicherweise gab es tatsächlich einen Hintermann, der sich um das Wohlbefinden des Häftlings kümmerte und der August Weber geholfen hatte, die Morde zu verschleiern.

Ein Schild kündigte einen Rastplatz an. Sie drosselte die Geschwindigkeit, setzte den Blinker und fuhr rechts ab. Als der Wagen zum Stehen kam, zog Zehra ihr Handy aus der Tasche. Es war an der Zeit zu tun, was sie schon längst hätte tun sollen. Sie rief ihren Chef an.

„Frau Kuzu, was für ein Zufall!", meldete sich der Dezernatsleiter. „Gerade habe ich an Sie gedacht."

„Ach ja?", erwiderte Zehra verwirrt.

„Jepp, ich habe zwei gute Nachrichten für Sie." Herr Schäfer klang außerordentlich gut gelaunt. Das war selten. Als Zehra nichts sagte, fuhr er fort: „Ich weiß, Sie haben sich tief in diesen üblen Fall reingekniet. Schreiben Sie Ihren Bericht, und dann haben Sie zwei Wochen Urlaub."

Zehra überfiel leichter Schwindel. „Und die zweite Nachricht?", fragte sie tonlos.

„Ihr alter Freund, Richard Wolf … Ich habe einen Einstellungsersuchen von ganz oben vor mir liegen. Er wird bei uns arbeiten, vielleicht werden Sie sogar Partner."

Zehra hatte den Eindruck, dass ihr der Boden unter den Füßen weggezogen wurde. Sie setzte sich auf den kühlen Asphalt. Kurz sammelte sie sich, dann sagte sie: „Aber Sie sagten doch selbst, ich solle an ihm dranbleiben. Er ist ein Verdächtiger."

„Ach", wischte Raimund Schäfer ihren Einwand beiseite, „Schnee von gestern!"

Zehra konnte einfach nicht fassen, was sie da hörte. Ihre Welt begann bedrohlich zu wackeln, wie von einem Erdbeben erschüttert.

XLVI

Zehra hockte auf dem kühlen Boden des Rastplatzes, das Handy krampfhaft ans Ohr gepresst. Sie durfte nicht so leicht aufgeben. „Wie kommen Sie überhaupt darauf, der Fall sei abgeschlossen?", hakte sie nach.

„Nun", erwiderte der Dezernatsleiter geduldig, „ich habe vorhin mit Professor Fischer von der Rechtsmedizin telefoniert. Er sagte, die Sache sei eindeutig. Unser Täter ist mitsamt seinen Opfern verbrannt. Alles deutet wohl daraufhin, dass er das Feuer selbst gelegt hat. Suizid – aus überwältigender Schuld, was weiß ich."

Zehra lachte bitter auf. „Er soll das Feuer selbst gelegt haben, mit einer Axt im Kopf?"

„Hören Sie …", setzte Schäfer an.

„Nein, Sie hören jetzt mir zu", fuhr Zehra ihm über den Mund. „Das ist doch der reinste Schwachsinn! Ich war in der Forensik und habe mit dem Professor gesprochen. Der Mörder von August Weber und Frau Falk ist definitiv nicht unter den Leichen."

„Verstehen Sie doch!"

„Was soll ich verstehen?", schnappte Zehra. „Dass der Künstler Frau Falk erwürgt hat, um sich danach selbst eine Axt in die Stirn zu rammen? Oder soll es vielleicht sogar andersherum gewesen sein? Klar, die Reporterin hat den Künstler erschlagen, daraufhin das Haus in Brand gesteckt, um sich zu guter Letzt selbst zu erwürgen."

Schweigen.

Mit leicht verändertem Ton brummte der Dezernatsleiter: „Der Professor sagte mir schon, dass er Ihnen womöglich ein falsches Bild vermittelt hat."

Und auf einmal brach es über Zehra zusammen. Der Zeitungsredakteur, er hatte mit allem recht gehabt! Es gab eine Verschwörung, und sie steckte mitten drin.

„Raimund", sagte sie mit eiskaltem Zorn, „wir arbeiten jetzt seit über fünfzehn Jahren zusammen, und ich hätte nie gedacht, dass ich dir jemals diese Frage stellen muss: Hast du dich kaufen lassen?"

„Vorsicht jetzt!", schnaubte der Dezernatsleiter. „Vorsicht, Frau Kuzu! Die Staatsanwaltschaft betrachtet den Fall als erledigt. Ihr Sonderurlaub beginnt mit sofortiger Wirkung. Geben Sie ihre Dienstwaffe ab. Machen Sie sich eine schöne Zeit mit Ihrer Tochter und kommen Sie zur Vernunft."

Zehra holte Luft, um zu widersprechen, aber die Leitung war tot.

Schwankend stand Zehra auf. Sie wollte sich nicht zu allem Überfluss noch eine Blasenentzündung einfangen. Sie ging zurück zum Auto und rief bei der Rechtsmedizin an. Nach mehrfachem Versuchen nahm der Assistent des Professors ab und informierte Zehra, dass Schäfer Urlaub genommen habe und verreist sei. Ohne einen schönen Tag zu wünschen legte Zehra auf.

Als Richard wieder nicht an sein Handy ging, wechselte Zehras aus der Ohnmacht geborene frostige Wut die Temperatur, wurde heiß und glühend. Sie raste über die Landstraße. Wenn sie einen Wagen vor sich nicht direkt überholen konnte, fluchte sie laut. Sie wollte so schnell wie möglich zurück nach Tübingen. Sie würde Richard finden, und sie würde ihn zur Rede stellen. Dieser Fall war nicht abgeschlossen!

XLVII

Zehra stapfte auf das Büro von Richard zu. Wenn er nicht da war oder sie nicht einließ, war sie entschlossen, die Tür einzutreten. Durch die Scheibe sah sie, dass er da war. Anscheinend seelenruhig saß er, mit Hut auf dem Kopf, hinterm Schreibtisch und rauchte eine Zigarette. Sie riss die Tür auf und trat ein.

„Zehra", grüßte Richard, „schön, dich zu sehen." Er legte die Zigarette in einen Aschenbecher, stand auf und kam um den Tisch herum auf sie zu. Zehra wusste nicht, wie ihr geschah. Steif ließ sie die Umarmung über sich ergehen. Die unerwartete Herzlichkeit der Begrüßung hatte ihr für einen Moment den Wind aus den Segeln genommen. Aber sie fasste sich rasch wieder, wich einen Schritt zu Seite und deutete auf den Stuhl.

„Setz dich, wir haben zu reden", zischte sie.

„Okay", sagte Richard in der gutmütigen Stimme eines Unschuldslamms und tat, wie ihm geheißen. Auch Zehra setzte sich. Sie fixierte ihr Gegenüber aus zusammengekniffenen Augen, ehe sie in scharfem Ton fragte: „Wieso gehst du nicht an dein Handy? Ich versuche dich seit Tagen zu erreichen."

„Tut mir leid", erwiderte Richard achselzuckend, „hab's verlegt."

Das war eine plausible Antwort, und plötzlich wurde Zehra klar, dass sie so gut wie gar nichts gegen ihn in der Hand hatte. Wieso hatte sie sich überhaupt so auf ihn eingeschossen? Was deutete denn darauf hin, dass er in die Morde verstrickt war? Sie rettete sich zur alles entscheidenden Frage: „Wo warst du in der Nacht von Donnerstag auf Freitag?"

Richard rümpfte die Nase, wodurch er zum Ausdruck brachte, dass ihm weder die Frage noch der Tonfall gefiel. „Lass mich nachdenken … Ah ja, ich war bei Freunden. Wir haben Schach gespielt."

„Welchen Freunden?", bohrte Zehra sofort nach.

Nun änderte sich auch Richards Stimme, kühl und herablassend sagte er: „Soweit ich richtig informiert bin, hast du doch eigentlich Urlaub. Rein rechtlich bist du also nicht befugt, mir diese Frage dienstlich zu stellen."

Das hatte gesessen. Zehra hielt seinem Blick nicht länger stand. Richard lächelte und ergänzte: „Ich will sie dir aber trotzdem beantworten. Ich war mit Anselm von Eichelberg zusammen und mit seiner Cousine, Aurelia Petrow."

Damit hatte Zehra wieder ein wenig Boden unter den Füßen gewonnen. „Ist ja interessant", schnappte sie. „Ich habe erst kürzlich den verbrannten Schädel von Herrn Petrow auf einem Obduktionstisch vor mir gehabt. Seine Frau war doch eine Auftraggeberin von dir."

Richard nickte. „So haben wir uns kennengelernt. Sie macht gerade eine schwere Zeit durch."

„Du weißt also von dem Brand in dem Atelier und dem Schrecken, der dort stattgefunden hat?", fragte Zehra lauernd.

Wieder nickte Richard. „Polizeirat Schäfer hat es mir in groben Zügen erzählt. Eine schlimme Sache."

„Richtig", sagte Zehra giftig, „wir sind ja bald Kollegen."

„Das scheint dich ja nicht gerade zu freuen", stellte Richard nüchtern fest. „Was ist denn eigentlich los? Was willst du von mir?"

Zehra massierte sich die Schläfen. Ihr war bewusst, dass sie sich auf dünnem Eis bewegte. Richard war ein alter Bekannter, ja, er war sogar einmal ein Freund gewesen, und bald würden sie unfassbarerweise Kollegen sein, dennoch brüllte eine Stimme tief in ihrem Inneren, dass sie einen Schuldigen vor sich sitzen hatte. Leise, allerdings mit Nachdruck, sagte sie: „Ich weiß noch nicht genau, was deine Rolle in dem ganzen Durcheinander war oder ist, aber ich weiß ganz genau, dass du mit drinsteckst. Und ich werde es beweisen."

Ein sanftes Lächeln umspielte Richards Lippen, ehe er sich nach vorn beugte und erwiderte: „Zehra, du wirkst ziemlich abgespannt, und du redest Unsinn. Ich bin nicht nachtragend. Ich werde dieses Gespräch vergessen. Aber jetzt geh besser, ehe du noch etwas sagst, das ich nicht verzeihen kann." Er wies auf die Tür.

Zehra schluckte hart, stand auf und ging zur Tür. „Eins noch", sagte sie über die Schulter, „du kennst nicht zufällig eine Michaela Falk näher?"

„Nie gehört den Namen", erwiderte Richard leichthin, um mit Nachdruck hinzuzufügen: „Gute Nacht, Zehra."

XLVIII

Drei Tage, vor allem aber drei Nächte hatte Zehra in einem von Ohnmachtsgefühlen bestimmten Dämmerzustand verbracht. Das einzige, was sie zustande gebracht hatte, war, ihrer Tochter Frühstück und Abendessen zu richten. Abgesehen von diesen beiden festen Zeiten sahen sie sich kaum. Defne war entweder in der Schule oder mit Freunden unterwegs. Zuhause zog sie sich direkt nach den Mahlzeiten in ihr Zimmer zurück. Die Stimmung zwischen ihnen hatte sich noch mehr verfinstert, seit Zehra ihrer Tochter verboten hatte, bei ihrem Möchtegern-Regisseur-Freund zu übernachten.

„Es tut mir wirklich leid", sagte Zehra. Sie hatten ihre Teller fast leer, und Zehra wollte die kurze verbleibende Zeit nutzen, sich wenigstens zu erklären – sofern Defne ihr die Chance dazu gab. Durch den Zwangsurlaub auf sich selbst zurückgeworfen, fühlte sich Zehra schrecklich einsam. Dass ihre Tochter sie mied, konnte sie auf Dauer nicht auch noch ertragen. „Es mag dir unfair erscheinen, aber ich bin mir sicher, eines Tages wirst du mich verstehen. Zwei Jahre sind in deinem Alter ein großer Unterschied." Bewusst sprach sie nicht die ganze Wahrheit aus, nämlich, dass Defne in ihren Augen schlicht zu jung und zu unreif war, um Sex, noch dazu mit einem deutlich älteren Jungen, zu haben.

„Ich versteh dich auch jetzt schon, Mama."

Das kam überraschend, und da war noch mehr. Geduldig schob sich Zehra eine Gabel mit Nudeln und Pesto in den Mund.

„Wir gehen eh nicht mehr miteinander", rückte Defne heraus und versuchte, es beiläufig klingen zu lassen.

„Und warum habt ihr Schluss gemacht?", fragte Zehra.

„Er hat Julia geküsst", sagte Defne mit vor Nässe glitzernden Augen. „Blöder Mistkerl."

„Soll ich ihn verhaften, oder gleich erschießen?"

Defne musste lächeln. „Lass ihn am Leben", sagte sie großzügig. „Apropos, du hast mir noch gar nicht erzählt, was auf der Arbeit schiefgelaufen ist."

„Woher ...", setzte Zehra an.

„Ach, komm schon!", unterbrach sie Defne. „Ich bin deine Tochter. Aber selbst ein Blinder würde schnallen, dass mit dir etwas nicht stimmt."

Zehra zögerte, aber dann erzählte sie in groben Zügen von Richard, ihrem Chef und etwas beschönigt von dem Fall. Defne hörte aufmerksam zu. Als ihre Mutter endete, fragte sie: „Und jetzt steckst du einfach den Kopf in den Sand? Vor einer krass schweren Mathearbeit hat mir eine kluge Frau einmal gesagt, aufgeben is' nich', erst mal muss man alles versuchen. Und wenn's beim ersten Anlauf nicht klappt, versucht man es weiter, bis es klappt."

„Du hast recht", erwiderte Zehra matt und liebevoll. Insgeheim dachte sie jedoch, dass sie ja bereits alles versucht hatte und Defne zu jung war, um ihre Situation wirklich zu verstehen. Später, als Defne ins Bett gegangen war und Zehra mit einem langweiligen Buch auf der Couch saß, kamen ihr allerdings Zweifel. Hatte sie tatsächlich alles gegeben? Sie legte das Buch beiseite. Nein, hatte sie nicht. Sie hatte ihre Hausaufgaben nicht sorgfältig gemacht, ehe sie mit Richard gesprochen hatte, war nur unzureichend vorbereitet in das Gespräch mit ihm gegangen.

Was hatte sie schon Besseres zu tun? Sie stand auf, klemmte sich den Laptop unter den Arm, setzte Kaffee auf und hockte sich an den Küchentisch. Schon nach einer halben Stunde Recherche weiteten sich ihre Augen. Das war ja wirklich interessant ...

XLIX

Als Defne aufstand, fand sie ihre Mutter schlafend am Küchentisch vor. Ganz leise richtete sie sich eine Schale Müsli. Sie aß auf der Couch in ihrem kleinen Wohnzimmer, machte sich im Bad frisch und beschloss, sich heute ausnahmsweise direkt nach der Schule auf den Heimweg zu machen. Sie war neugierig, was ihre Mutter so lange wach gehalten hatte.

Zwei Stunden später wachte Zehra auf. Sie hätte schwören können, dass ihr nur kurz die Augen zugefallen waren, aber ein Blick auf ihr Handy zeigte, dass es bereits halb neun war. Sie unterdrückte einen Anflug von Schuldbewusstsein und schaltete den Laptop wieder ein. Den größten Teil der Nacht hatte sie damit verbracht, Hinweisen auf eine Geheimgesellschaft nachzugehen, auf die sie im Zusammenhang mit Anselm von Eichelberg gestoßen war. Das meiste davon war sicher ausgemachter Unsinn, Berichte von Spinnern, die in blumigen Worten von okkulten Ritualen erzählten. Aber sie war auch auf Handfesteres gestoßen, unter anderem auf den Blog eines anonymen Aussteigers, der von seinen Erfahrungen in dem Orden handelte. Aus seinen zahlreichen Einträgen ging hervor, dass es sich um einen Zirkel äußerst einflussreicher Männer und Frauen handelte, die mit anderen Geheimbünden, aber wohl auch mit der Identitären Bewegung gemeinsame Sache machten.

Über die Identitären war mehr bekannt. Auf Zehra wirkten diese neuen Rechten wie ein Haufen Clowns. Als Symbol hatten diese Antiamerikanisten lächerlicherweise das Lambda der Spartaner aus dem Hollywood-Blockbuster *300* gewählt, das aussah wie ein auf dem Kopf stehendes V. Sie mochten lächerlich sein, aber definitiv waren ihre Ambitionen gefährlich. Zehra war allerdings nicht nur diesen geheimen Verbindungen nachgegangen, sie hatte auch ganz profane Polizeiarbeit geleistet. Jetzt konnte sie endlich die Nummern anrufen, die sie sich nachts über notiert hatte.

Zur Mittagszeit stellte sie mit grimmiger Befriedigung fest, dass sie nun eindeutig belastende Indizien gegen Richard in der Hand hatte. Sie hatte herausgefunden, dass er sich in der Nacht von Viktor Petrows Mord ein Auto geliehen hatte, genau so eines, wie von der Anwohnerin beim Hirschauer Baggersee beschrieben worden war. Zudem hatte sie nach mehreren Telefonaten zweifelsfrei in Erfahrung gebracht, dass Richard auf einer Vernissage war, auf der auch der Künstler August Weber anwesend gewesen war. Mehr noch, es gab einen Zeugen, der gesehen hatte, wie sich die beiden unterhalten hatten. Zuguterletzt hatte sie mit Nachbarn von Richard telefoniert. Eine ältere Dame, die zwei Stockwerke über seinem Büro wohnte, hatte eines Vormittags vom Fenster aus beobachtet, wie eine junge Frau das Haus verlassen hatte. Die Beschreibung deckte sich eins zu eins mit Michaela Falk. Richard hatte sie folglich direkt belogen, als er behauptet hatte, er kenne sie nicht. Oh, er hatte ohne jeden Zweifel gehörig Dreck am Stecken, wie sie es die ganze Zeit über geahnt hatte. Jetzt musste sie ihn nur noch überführen.

L

„Ja", sagte Zehra fest und sah ihrer Tochter in die dunklen Augen, „ich bin mir sicher. Er hat den Künstler ermordet und dann, wahrscheinlich im Affekt, die Reporterin. So ergibt alles einen Sinn."

Defne legte die Stirn in Falten, was ihr mit ihrer glatten Haut nur ansatzweise gelang. Eigentlich hatte Zehra nicht so sehr ins Detail gehen wollen, aber Defne war momentan nun einmal ihre einzige Ansprechpartnerin. Und auch wenn das Thema heikel und nicht jugendfrei war, es tat doch gut, dass sie überhaupt wieder miteinander redeten.

„Und was willst du jetzt tun?", wollte Defne wissen.

„Ehrlich", gestand Zehra, „ich habe keinen Schimmer. Ich bin nicht im Dienst, mir sind also die Hände gebunden und ich habe nichts, das ..."

Sie sprach nicht weiter. Wie ein Blitz durchzuckte sie die Erkenntnis. Richards Handy! *Hab's verlegt*, hatte er gesagt. Vielleicht seine einzige Aussage während ihres letzten Gesprächs, die keine Lüge gewesen war. Wenn er es tatsächlich verloren hatte und sie es fand, könnte sie doch aller Wahrscheinlichkeit nach zumindest beweisen, dass er mit Michaela Falk in Kontakt gestanden hatte. Aber wie sollte sie es finden, wenn nicht einmal der Besitzer es zustande brachte? Ein kühner Gedanke kam ihr in den Sinn, äußerst kühn.

„Du hast eine Idee", erriet Defne. „Lass mich dir helfen."

Dieser letzte Satz ihrer Tochter tat Zehra geradezu physisch weh, denn sie konnte ihre Hilfe tatsächlich gebrauchen. Aber nein, das war ethisch in keiner Weise zu vertreten. Sie durfte doch nicht ihre Tochter in so eine Sache hineinziehen.

„Komm schon", drängte Defne, fast schon flehend, „was hast du eben ausgeheckt?"

Zehra zögerte. Es war nicht richtig. Auf der anderen Seite war es auch nicht recht, Richard davonkommen zu lassen. Sie holte tief Luft, und dann klärte sie Defne im Konjunktiv über ihren verwegenen Plan auf. Defne sprang sofort begeistert an. Nach einer Stunde Überzeugungsarbeit hatte sie ihre Mutter soweit, und gemeinsam feilten sie an den Details. Sie brauchten unbedingt einen Zeugen. Zehra schrieb eine SMS und erhielt keine zwei Minuten später eine Antwort von David, ihrem krankgeschriebenen Kollegen. Er könne am Wochenende problemlos nach Tübingen kommen. Er helfe selbstverständlich gern. Damit war es entschieden. Zehra schauderte.

Freitag Abend kehrte Richard angetrunken in sein Büro zurück. Eigentlich war es jetzt ja nicht mehr sein Büro. Er würde wieder bei der Polizei arbeiten und diesen schäbigen Lebensabschnitt hinter sich lassen. Was war das? An der Klinke der Tür hing ein Zettel.

Er riss ihn ab und las: *Ich habe Ihr Handy. Ich weiß über alles Bescheid. Kommen Sie im Morgengrauen auf die Neckarinsel, dann verhandeln wir.*

LI

Ein frischer Wind, der Regen ankündigte, strich über die noch in Dunkelheit liegende Neckarinsel. Richard ging die Platanenallee entlang, bis er einen Trampelpfad erreichte. Er blieb stehen, zündete sich eine Zigarette an. Es war alles so gut gelaufen, und er hatte gehofft, nicht für seine Sünden bezahlen zu müssen, zumindest nicht in diesem Leben – bis er den Zettel an seiner Tür gefunden hatte. Jemand wollte ihn also erpressen. Jemand, der sein Handy gefunden hatte. Jemand, den er beseitigen musste. Er hatte diesen Kurs eingeschlagen, es gab kein Zurück mehr. Die Zigarette wegschnippend ging er weiter.

Wäre er nüchtern gewesen oder hätte er mehr Zeit zum Nachdenken gehabt, wäre er womöglich auf die Idee gekommen, dass es sich um einen Bluff handeln könnte. Aber wie hätte er den tatsächlichen Verbleib des kleinen verräterischen Apparates erahnen sollen? Ein fünfjähriger Junge hatte das Handy nahe eines Spielplatzes gefunden und es wie einen Schatz vergraben. Keine fünf Minuten später hatte der Junge das Fundstück vergessen und war Schaukeln gegangen.

Doch davon wusste Richard nichts. Zum Äußersten entschlossen pirschte er durch das Einzug haltende Zwielicht.

Defne stand bibbernd vor der steinernen Statue. Der reglose, übergroße Mann aus Stein, der sie in sitzender Position überragte, gruselte sie, aber es war ein guter Platz. Schaudernd nahm sie die sich nähernden Schritte wahr. Trockenes Laub vom letzten Jahr knackte, und dann sah sie ihn. Richard Wolf. Er trug einen Hut, und sein Gesicht wirkte im spärlichen Licht aschfahl. Sie unterdrückte den Impuls davonzulaufen und machte einen zaghaften Schritt auf den Mörder zu. Er machte einen kleinen Bogen und blieb in Armeslänge vor ihr stehen. Hinter ihr die unheimliche Statue, vor ihr der Mörder. Defne musste allen Mut zusammennehmen, um zu sagen: „Guten Morgen, Herr Wolf."

Der fremde Mann lächelte, wie ein Raubtier seine hilflose Beute anlächeln mochte, und kam gleich zur Sache: „Du hast also mein Handy gefunden?"

Defne nickte.

„In deiner Nachricht stand, du wüsstest über alles Bescheid", sagte Richard lauernd. „Was meinst du damit?"

Defne brachte mit Mühe den einstudierten Text vor: „Sie haben August Weber und Michaela Falk getötet. Ich möchte, dass Sie mir jeden Monat 1000 Euro auf mein Konto überweisen, sonst gehe ich zur Polizei."

„Oh", machte Richard, „du bist ein ganz ausgeschlafenes Mädchen, was?" Er kicherte. „Hast du das Handy bei dir?"

Defnes Kehle war trocken wie eine Wüste. „Hier in meiner Tasche." Sie sah auf die Handtasche in ihrer zitternden Linken, und als sie den Blick wieder hob, war der Mann ein winziges Stück näher gekommen. Nur einen halben Schritt, aber jetzt packte Defne vollends die Angst. Dennoch war sie geistesgegenwärtig genug, um sich daran zu erinnern, dass sie den Mann zu einem Geständnis provozieren musste.

„Sie haben sie beide getötet", wiederholte Defne stammelnd.

„Ich bin kein böser Mensch", sagte Richard. „August Weber war ein verrückter Serienmörder."

„Und Michaela Falk?", brachte Defne zwischen klappernden Zähnen heraus.

Ein Anflug von Zorn huschte über Richards Miene, auf die sich nun der matte rote Schein der Morgendämmerung legte. „Sie war zur falschen Zeit am falschen Ort. Sie stand mir im Weg – genau wie du."

Blitzschnell legten sich zwei große, erschreckend starke Hände um Defnes Hals.

LII

„Lass sie sofort los!", gellte ein Schrei aus dem Gebüsch hinter der Statue.

Richard erstarrte, aber er nahm die Hände nicht von Defnes Hals. Blinzelnd erkannte er Zehra, die mit einer Pistole im Anschlag langsam auf ihn zukam.

Obwohl sich ihre eigene Tochter in Gefahr befand, schlug Zehras Herz ruhig und gleichmäßig. So war es immer gewesen. In heiklen Situationen überkam sie eine merkwürdige Gelassenheit. „Lass sie los und tritt zurück", befahl sie ihrem ehemaligen Freund, der zum Mörder geworden war.

Richard verharrte noch immer, aber Zehra spürte eine Bewegung an ihrer Flanke. Es war David, ihr Partner, der das vorangegangene Gespräch aufgezeichnet und ihr seine Privatpistole geliehen hatte. Sie hoffte, sie nicht einsetzen zu müssen, aber sie war bereit dazu, falls es notwendig war. Auch Richard bemerkte nun David. Unwillkürlich wandte er sich ihm zu, hielt seine Geisel fest gepackt.

„Seien Sie vernünftig", rief David. „Ihre Situation ist aussichtslos. Wir haben alles auf Band."

Richard fluchte. „Schätze, wir werden wohl doch keine Kollegen", sagte er, an Zehra gerichtet.

„Lass sie endlich los", konterte Zehra eindringlich.

Richards Augen flackerten, eine tobende Wildheit ergriff ihn. Er schleuderte seine Geisel beiseite und sprang auf Zehra zu. Da war er, der Wolf, die Bestie, die bereit war, ihre Feinde in blinder Raserei zu zerfleischen. Zehra drückte ab. Der Schuss zerriss die kühle Morgenluft. Einen Moment lang stand Richard einfach nur da. Ungläubig fasste er sich

an die Brust und betrachtete seine Hand, an der Blut klebte. Er stöhnte noch einmal auf, dann ging er wie ein gefällter Baum zu Boden.

Er starb, noch ehe der Notarzt eintraf.

Nachdem Zehra eine halbe Ewigkeit lang ihre Tochter so fest an sich gepresst hatte wie noch nie zuvor, verbrachte sie den halben Tag auf der Polizeistation. Der Dezernatsleiter war alles andere als erfreut über ihren ausführlichen Bericht, den sie ermüdend oft wiederholen musste, aber was konnte er ihr schon vorwerfen? Sie hatte einen Mörder gefasst – und darin bestand schließlich ihr Job.

Der Regen prasselte gegen die Fensterscheiben. Mutter und Tochter hatten es sich auf der Couch gemütlich gemacht. Auf dem Bildschirm vor ihnen spielte sich eine Noir-Geschichte in schwarz-weiß ab. *Im Zeichen des Bösen* von Orson Welles. Defne hatte den Film ausgesucht. Zehra legte den Arm um die Schulter ihrer mutigen Tochter und atmete erleichtert tief durch. Sie nahm sich vor, ihre verbleibenden Urlaubstage zu genießen.

Einen Tag später, 425 Kilometer Luftlinie entfernt, betrat Anselm von Eichelberg einen festlich geschmückten Ballsaal. Er war erst vor einer knappen Stunde mit einem Privatjet in Brüssel gelandet.

„Mein lieber Anselm", begrüßte ihn der gutaussehende Ordensführer im maßgeschneiderten Smoking und reichte ihm die Hand.

„Die Freude ist ganz meinerseits", gab Anselm gewandt in akzentfreiem British English zurück.

Beide setzten ein überlegenes Lächeln für die umstehenden Gäste auf.

„Wie ich aus der deutschen Presse erfahren musste", sagte der Ordensführer, indem er sich leicht nach vorne beugte, mit gesenkter Stimme, „kam es bei dir zuhause zu einigen Unerfreulichkeiten."

„Nicht der Rede wert", tat Anselm leichthin ab. „Es hat sich nichts geändert. – Lass uns die Feier genießen. Ich erzähle dir gerne später alles in Ruhe. Es gibt allerdings durchaus Wichtigeres, was wir zu besprechen haben."

Zufrieden legte der Ordensführer Anselm die Hand auf die Schulter, und gemeinsam begaben sie sich mitten hinein in den funkelnden, verschwenderischen Luxus, der ihrem Stand angemessen war.

Der Autor dankt herzlich:

Elena Braganza
Martin Bride
Angelika Brieschke
Jochen Braun
Nadia Dellagiacoma
Janosch Heiland
Matthias Kaiser
Andrej Kelberer
Moritz Keller
Silvester Keller
Irene Kubowski
Martin Kubowski
Robert Kuester
Werner Puth
Peter Prade
Michele Sbarra
Olga Schaber
Julia Schmidt-Peterson
Tim Strouken
Marcus Uibel
Salome Amani Vetter
Hannes Wössner
Stefan Zibulla
dem Kino Arsenal
der Marquardtei

WEITERE INFOS:

Phillip Schmidt

www.philipp-schmidt.org

www.facebook.com/PhilouSchmidt

Mehr von KUBO –Fotoart

www.kubofotoart.jimdo.com

www.facebook.com/kubofotoart